Made in the USA
Monee, IL
07 July 2026

حكومة الظل

حكومة الظل

رواية

د. منذر القباني

الدار العربية للعلوم ـ ناشرون ش.م.ل
Arab Scientific Publishers, Inc. S.A.L

الطبعة الأولى: 1428 هـ - 2007 م

الطبعة الثانية: 1429 هـ - 2008 م

الطبعة الثالثة: 1431 هـ - 2010 م

الطبعة الرابعة: 1432 هـ - 2011 م

ردمك 978-9953-87-118-9

عين التينة، شارع المفتي توفيق خالد، بناية الريم
هاتف: 786233 – 785108 – 785107 (1-961+)
ص.ب: 5574-13 شوران – بيروت 2050-1102 – لبنان
فاكس: 786230 (1-961+) – البريد الإلكتروني: asp@asp.com.lb
الموقع على شبكة الإنترنت: http://www.asp.com.lb

التنضيد وفرز الألوان: **أبجد غرافيكس**، بيروت – هاتف 785107 (9611+)

الطباعة: **مطابع الدار العربية للعلوم**، بيروت – هاتف 786233 (9611+)

كلمات شكر

بسم الله الرحمن الرحيم والحمد لله رب العالمين، والصلاة والسلام على أفضل المرسلين الذي علّمنا أن من لا يشكر الناس لا يشكر الله. لذا كان من الواجب أن أشكر كل ذي فضل عليَّ وعلى نجاح رواية حكومة الظل.

أبدأ بشكر والدَيّ وإخواني وزوجتي وأولادي الذين شجّعوني ووقفوا بجانبي طوال الوقت. كما لا أنسى أصدقائي الذين قرأوا الرواية وأعجبوا بها وتنبأوا لها بالنجاح. وفي مناسبة صدور الطبعة الثانية لا بد من شكر كلاً من د. محمد الأحمري ود. عبد الله الحيدري والأستاذ خالد صالح الذين ساهموا معي في تنقيح هذه الطبعة. وأخيراً وليس آخراً، وجب عليَّ شكر كل قارئ قرأ رواية حكومة الظل وأعجب بها، فكتب عنها إما في مدونة شخصية أو منتدى من المنتديات فساهم بذلك في صنع هذا النجاح الذي أدّى إلى نفاذ الطبعة الأولى بعد أشهر من صدورها... أتمنى لأن أكون دائماً عند حسن ظنكم.

د. منذر القباني

1

كانت الطائرة قد بدأ استعدادها للهبوط إلى مطار محمد الخامس الدولي بالدار البيضاء. نظر نعيم الوزان من النافذة ليرى أنوار المدينة تكاد تضيء في هذه الليلة الغائمة سماءها.

– "سيد نعيم، الرجاء ربط حزامك فالطائرة على وشك الهبوط". قالت المضيفة وعلى وجهها ابتسامة خجل من أن يكون طلبها قد ضايق السيد نعيم.

ربط نعيم الوزان حزامه وهو يرد الابتسامة بمثلها.

– "المعذرة لقد نسيت".

كان نعيم الوزان يفكّر في تفاصيل رحلته إلى المغرب، فالرحلة ليست فقط من أجل العمل، ولكن هناك الجانب الشخصي الخاص بصديقه ومعلمه د. عبد القادر بنوزّاني الذي لم يره منذ ثلاثة أعوام عندما غادر د. عبد القادر السعودية بعد خمس عشرة سنة من تدريس مادة التاريخ المعاصر بجامعة الملك سعود بالرياض. كان تعارفهما عن طريق قاعة المحاضرات وشغف طالب العلوم الإدارية المتفوق بمادة التاريخ. فبالرغم من كون التاريخ مادة غير إلزامية لنعيم، إلا أنه قد سجلها كمادة حرة مع أشد أستاذ في القسم.

"التاريخ هو مفتاح فهم الحاضر وقراءة المستقبل" كان دائماً ما يقول لرفقائه المستغربين من فعلته الفدائية مخاطراً بمعدله التراكمي نتيجة صعوبة الحصول على درجة عالية مع الدكتور عبد القادر المشهور بمعياره العالي الذي يقيس به طلابه. "أريد من الطالب أن يظهر اهتماماً ورغبة في البحث عن الجواب. أنتم تريدون أجوبة

جاهـزة والحياة ليست هكذا". كان دوماً ما يقول لطلابه وهم يلومونه على صعوبة الحصول على درجات في مادته.

"اهتمام ورغبة في البحث عن الجواب!"

ولكن أي جواب عن أي سؤال؟ فالأسئلة كثيرة والأجوبة قليلة!

"الـتاريخ! إن فهمت الماضي فسيرشدك إلى حل ألغاز الحاضر واستشـعار المستقبل" كان دائماً يردّد الدكتور عبد القادر هذه العبارة لنعيم كلما التقيا في مكتبه بالجامعة بعد المحاضرة. كان نعيم قد وجد فـي شـخص الدكتور عبد القادر أكثر من أستاذ. كان مرشداً، شعلة تضـيء له في غياهب أحداث الحاضر والماضي. ولا شك أن أستاذ مـادة الـتاريخ قد وجد في شغف نعيم للمعرفة بكافة أشكالها، التربة التي يحلم بها أي معلم في تلميذ.

"مزجك بين المعارف الأدبية والعلمية سيجعل منك رجل أعمال ناجح" كان ما دوماً يقول لنعيم، وها هو بعد ثلاثة أعوام منذ أن غادر د. عبد القادر بنوزّاني مدينة الرياض ليتبوأ منصب نائب مدير جامعة محمد الخامس بالرباط العاصمة الهادئة للمغرب، يأتي نعيم إلى مدينة أستاذه لينهي محادثات إنشاء التجمع العربي التركي للاتصالات الذي يسعى لتقديم عرض للترخيص الثالث للجوال بالسعودية.

"ثلاثـة أيـام، مـدة كافـية لكي أستكمل محادثاتي مع الشريك المغربـي، ولكن الليلة سهرة ثقافية مع الدكتور عبد القادر" كان يفكّر نعيم الوزان أثناء هبوط الطائرة. "ساعة واحدة هي مسافة الطريق من مطار الدار البيضاء إلى منزل الدكتور عبد القادر بالرباط".

نعم ساعة واحدة بين المطار والمنزل، ولكن دقائق معدودة فقط هـي التي كانت تفصل بين نعيم الوزان وبداية رحلة اكتشاف تغوص في بحر من الغموض تقود إلى ألغاز من غياهب التاريخ!

2

في هذه الأثناء كان طلعت أحمد نجاتي جالساً في ردهة استقبال فندق الدلتا بمدينة تورنتو الكندية ينتظر قدوم موشي جولد. كان الفندق يعجّ بالصحفيين الذين قدموا إلى تورنتو مثل طلعت نجاتي ليغطّوا اجتماع الدول الصناعية الثمانية.

- "جرت النقاشات كالمعتاد... السلام العالمي وتأثيره على اقتصاد العالم، ديون الدول الفقيرة، التجارة البينية بين الدول الثمانية... موضوعات معلنة للاستهلاك الإعلامي" كان يقول طلعت لزملائه الصحفيين.

"الموضوعات الفعلية هي التي تناقش وراء الكواليس ولا يطلع عليها أحد إلا رؤساء الدول الثمانية. أسرار يجهلها باقي العالم، قرارات تتخذ لإدارة بقية الدول، هذه الخبايا هي التي أريدها لا هذا الهراء" كان يقول دائماً لنفسه كلما طلب منه رئيس تحريره تغطية هذه الاجتماعات كل عام منذ أن التحق بجريدة الأحداث قبل خمس سنوات.

نظر طلعت إلى ساعته ثم احتسى من كوب القهوة وهو ينتظر الثلاث دقائق الباقية على قدوم موشي جولد، فقد تواعدا عبر رسالة مسجلة تركت على هاتف غرفته في الفندق على أن يتناولا وجبة الغداء... "طلعت.. قابلني في اللوبي غداً الثانية بعد الظهر، سنتناول الغداء سوياً". لم يترك موشي مجالاً للاعتذار... "يبدو أن المسألة مستعجلة، ولكن يا ترى ما هي هذه المسألة".

أخذ طلعت يفكّر عندما استمع إلى الرسالة ليلة البارحة. لم تكن

عادة موشي ترك رسائل على هذا الشكل، فشخصيته هادئة ومتأنية تحسب كل خطوة تخطوها.

في تمام الساعة الثانية بعد الظهر أقبل رجل أربعيني، متوسط القامة، نحيل الجسم يخطو خطوات ثابتة في اتجاه طلعت.

– "دقيقٌ في مواعيدك كالعادة أنت يا موشي" قال طلعت مبتسماً وهو يصافح الرجل.

– "على خلافكم أنتم معشر العرب... فكّرت أن أؤخّر عقارب ساعتي نصف ساعة ولكني تذكّرت أنك غربي في مواعيدك" قال موشي وهو يغمز مداعباً طلعت.

لم يمهل موشي صديقه المصري وقتاً للاستفسار عن لهفته للقاء اليوم، حيث أخذه مباشرة نحو سيارته الواقفة أمام مدخل الفندق مشيراً إلى أنه قد وعد النادل بأنه سيعود في الحال حتى لا تسحب سيارته لوقوفها في مكان غير مسموح الوقوف فيه.

– "سنتناول الغداء في مكان سوف يروقك" قال موشي وهو يركب سيارته البورش الرياضية كأنه يسترضي طلعت الحائر من هذه اللهفة غير المسبوقة منه، خصوصاً في خضم مؤتمر بحجم الدول الثمانية الكبار، حيث ينشغل الصحفيون بمحاولة إجراء أحاديث صحفية مع أحد كبار الشخصيات المشاركة في المؤتمر أو باستقصاء خبر جديد قد ينفرد به. "ولكن ما هذا الإصرار على الغداء الآن" أخذ طلعت يفكّر وهو يتأمل موشي جولد صديقه الكندي الذي ولد في أسرة يهودية اشتهرت بالعمل الصحافي. فجدّه هو الذي أسّس جريدة "لؤلؤة تورنتو" التي يعمل فيها هو الآن كمسؤول عن قسم التحقيقات، ووالده ترأس تحرير الجريدة حتى وفاته قبل أربع سنوات.

تعرّف طلعت على موشي في رام الله وهما يغطيان أحداث الانتفاضة الفلسطينية، وكان طلعت قد استغرب تعاطف زميله

الصحفي اليهودي مع الفلسطينيين وليس مع بني جلدته الإسرائيليين، ولكن سرعان ما زالت الدهشة عندما شرح له موشي انتماءه لطائفة يهودية تدعى الناجورني كارتا يبلغ تعدادها نحو المئة ألف، كلهم رافضون قيام دولة يهودية خصوصاً في أرض فلسطين لإيمانهم بأن الله قد طردهم منها ولم يعطهم حق العودة إليها. ومنذ ذلك الوقت نشأت صداقة بين طلعت وموشي.

أخذت السيارة تسير في اتجاه منطقة يوركفيل شمال وسط المدينة حيث المطاعم الفاخرة ومعارض الملبوسات والإكسسوارات الأوروبية الثمينة. وما أن دخلت البورش شارع يوركفيل ذا الاتجاه الواحد حتى أصبحت كأنها تسير في موكب من السيارات الثمينة.

– "لا تخف طلعت فأنت ضيفي اليوم والحساب عليَّ" قال موشي مبتسماً. "فأنا لا زلت أحمل بعض جينات كرم أولاد عمومتي العرب".

– "ولكن ما سرّ لهفتك على دعوتي إلى الغداء، فأنا لا أذكر أنك فعلتها مرة واحدة منذ أن تعرّفت إليك. هل نشط فجأة هذا الجين العربي؟"

لم يعلّق موشي وأخذ يصف سيارته أمام مطعم ساسفراز، وبعد أن توقفت السيارة استدار نحو طلعت وقد تحوّلت تعابير وجهه من المرح إلى الجدية ثم قال:

– "سأخبرك بعد تناول الغداء. فما سأقوله لك يحتاج إلى كامل تركيزك!"

3

لم تستغرق إجراءات الوصول في مطار محمد الخامس الدولي بالدار البيضاء أكثر من ساعة، ثم خرج نعيم الوزان إلى صالة الاستقبال ليجد سائق الدكتور عبد القادر بنوزّاني في استقباله حاملاً لوحة عليها اسمه ليتعرّف إليه.

- "حمداً لله على السلامة سيدي" قال السائق بلطف ثم أخذ الحقيبة من نعيم ليقوده إلى السيارة.

بعد مضي نحو ساعة من الصمت داخل السيارة المتجهة إلى الرباط بدأت أنوار المدينة تظهر في الليل الدامس.

- "الدكتور عبد القادر منتظرك على العشاء، أتودّ أن نذهب إلى الفندق أولاً أم إليه؟" سأل السائق باستحياء.

- "بل إلى الفندق أولاً رجاءً، حتى أضع حوائجي" ردّ نعيم.

- "معذرة سيدي ولكن يبدو أن الدكتور عبد القادر مشتاقاً للقائك، فقد طلب مني أن أظل معك حتى أوصلك إلى الفيلا" أضاف السائق بابتسامة على وجهه.

- "وأنا أيضاً مشتاق لرؤيته والتحدث معه. فقد مرّت ثلاث سنوات منذ أن تقابلنا آخر مرة بالرياض قبيل مغادرته" قال نعيم. وبالرغم من أنهما كانا على اتصال دائم عن طريق الهاتف والبريد الإلكتروني، إلا أن ذلك لم يكن ليعوّض عن اللقاء وجهاً لوجه.

لم يستغرق نعيم وقتاً طويلاً في غرفته في فندق الهيلتون، حيث غيّر ملابسه ثم عاد إلى السيارة التي أخذته إلى فيلا في حي السويسي الراقي. وما أن استقرّت السيارة في الردهة المخصصة

للزوار داخل حديقة البيت أمام مدخل الضيوف حتى فتح الباب الداخلي للمنزل، وخرج رجلُ سمين بعض الشيء في عقده السادس مرتدياً بدلة أنيقة وعلى وجهه نظارة مستديرة مذهبة يوحي مظهره وكأنه من أواخر سلالة الباشوات.

- "أخيراً نعيم قرّرت زيارة المغرب! نحمد الله على العولمة التي أتت بك إلى بلادنا" قال الدكتور عبد القادر وهو يعانق نعيم بلهفة الأب المحن لابنه العائد بعد غياب طويل.

إذا استطعنا أن نصنّف الناس إلى مجموعات، فحتماً سنجد معضلة في تصنيف الدكتور عبد القادر، فكثير من زملائه ومعارفه يرونه جامعاً لصفات قد تبدو متناقضة ولكنها في شخصه هو متجانسة. فهو الباحث الأكاديمي غزير الإنتاج، وفي الوقت نفسه، المحب للّهو وقضاء الساعات في لعب الغولف وركوب الخيل، قارئ نهم لكتب الفكر والتاريخ، وفي نفس الوقت، موسوعة في ما أنتجته أستوديوهات هوليوود، يعمل في سلك أكاديمي ذي دخل محدود، إلا أنه يحيا حياة غنى وترف واضحين، يحب الاختلاط بالناس وتكوين العلاقات الاجتماعية، ولكنه وحيد في حياته الشخصية دون زوجة أو ولد، بل وليس له من الأصدقاء المقربين سوى القليل. كان نعيم دائماً ما يعلّق على هذا التباين في شخصية أستاذه بقوله مداعباً بأنه لا يوجد شخص واحد يدعى الدكتور عبد القادر بنوزّاني، بل يوجد الدكاترة عبد القادر الذين تجمّعوا في صورة رجل واحد، وكان دوماً ما يضحك الأستاذ لهذه المداعبة اللماحة.

- "العشاء جاهز" أعلن الخادم بعد مضي نصف ساعة من وصول نعيم وتسامره مع الدكتور عبد القادر واسترجاعهما ذكريات الرياض وجامعة الملك سعود.

- "شكراً جلال" قال الدكتور عبد القادر ثم التفت إلى ضيفه

"لنكمّل حديثنا على مائدة الطعام". ثم اقتاد نعيم إلى غرفة ذي طابع أندلسي، يعلوها قبة منقوشة بمزيج هندسي متناغم من الجبس والفسيفساء، مطلّة على جانب آخر من حديقة المنزل، حيث توجد بركة السباحة وحولها مجموعة من أشجار جوز الهند مرصوفة في أحواض من النخيل والزهور.

وضع الخادم شوربة الحريرة كطبق أول أمام الدكتور عبد القادر وضيفه.

- "لا زلت أذكر أنك تحب الحريرة.. ها أنت ذا تشربها في موطن رأسها" قال الدكتور عبد القادر مبتسماً لنعيم الذي لم يكن منتبهاً لما وضع على المائدة، حيث كان يتأمّل الشكل غير المألوف للقبة التي تعلو قاعة الطعام.

- "هذه أول مرة أرى فيها قبة هرمية وليست على الشكل المألوف النصف كروي" قال نعيم مشيراً إلى الأعلى.

- "أنت تعرفني.. دائماً أحب غير المألوف.. دعني أخبرك عن آخر أعمالي" قال الدكتور عبد القادر مغيّراً للموضوع "أعكف على تأليف كتاب يتناول نشأة حزب الاتحاد والترقي التركي وعلاقته بسقوط الدولة العثمانية".

- "ولكن هذا الموضوع قد تناولته أقلام عدة، وألّفت فيه كتب غير قليلة! فهل أتيت بجديد؟" تساءل نعيم وهو يتأمل القبة ذات الشكل الهرمي بين الفينة والأخرى.

- "لقد أمضيت الشهور الثلاثة الأخيرة في تركيا، حيث كنت أبحث في بعض الوثائق القديمة في متحف الدولمة بهجة وكذلك أرشيف وزارة الداخلية التركي، لا تستغرب نعيم، فمنصبي الأكاديمي يتيح لي ما قد لا يتاح لغيري" قال الدكتور عبد القادر الذي بدأ ينجح في إثارة فضول نعيم نحو موضوع غير شكل القبة الغريب.

- "هل تريد أن تفهمني أنك استطعت أن تطلع على أرشيف وزارة الداخلية التركي!" قال نعيم مستعجباً وقد ملأه الحماس راغباً في سماع المزيد.

- "طبعاً لم يسمح لي أن أطلع على كل ما في الأرشيف.. فقط ما يتعلق ببداية حكم حزب الاتحاد والترقي في زمن السلطان عبد الحميد الثاني في أوائل القرن العشرين. أنت تعلم هذه كانت فترة غامضة ومليئة بالأحداث".

كان نعيم يدرك تماماً ما كان يشير إليه الدكتور عبد القادر من تلك الفترة المتوترة من تاريخ الدولة العثمانية. فقد كتب الكثيرون عن صلة حزب الاتحاد والترقي بسقوط الدولة العثمانية ودور السلطان عبد الحميد الثاني. البعض كان يهاجم السلطان العثماني ويصفه بالاستبداد، في حين كتب الآخرون عن محاولته إنقاذ ما يمكن إنقاذه من الدولة المتهالكة.

- "ولكن نعيم... أنت لم تخبرني من قبل أن جدك كان مبعوثاً عن الحجاز في مجلس المبعوثان في إستانبول" جاء تساؤل الدكتور عبد القادر مفاجئاً لنعيم الذي لم يستوعب تماماً هذه الجملة الأخيرة عن جده.

- "ألم تكن تعلم أن جدك خليل كان في مجلس المبعوثان؟"

- "جدي خليل كان تاجراً" قال نعيم الذي لا زال كان مندهشاً مما يسمع في تلك الليلة.

- "لا تتعجب، فهو لم يمكث في منصبه سوى سنة. لقد وجدت اسمه في أرشيف وزارة الداخلية هو وغيره من أعضاء مجلس المبعوثان في تلك الحقبة. لقد دهشت مثلك تماماً عندما قرأت اسمه. بل لقد كانت له أيضاً صورة مع باقي أفراد المجلس، أخذت عام 1908 بمناسبة افتتاحه بعد انقطاع دام قرابة الثلاثين عاماً في عهد

السلطان عبد الحميد الثاني. لقد كان يشبهك كثيراً".

استمرّ الحديث بين الدكتور عبد القادر بنوزّاني ونعيم الوزان الذي اكتشف أمراً عن جده لم يعلمه من قبل. ولكن يبدو أن قصر فترته في مجلس المبعوثان هو سبب محوها من ذاكرة تاريخ الأسرة المتداول، فهو حتماً لم يسمع من أبيه أو من جدته، التي عاصرها في أواخر أيامها عندما كان صغيراً، أي شيء بخصوص ما قد ذكر إليه الليلة عن جده خليل بخلاف أنه كان يشاركه الشبه.

كان الحديث مثيراً جداً خصوصاً عندما بدأ الدكتور عبد القادر يتحدث عما سيحتويه كتابه من أسرار لم تكشف من قبل تلقي الضوء عن ظروف نشأة حزب الاتحاد والترقي وسيطرته على الحكم بشكل سريع ودوره في إسقاط الخلافة العثمانية. لقد وجد نعيم في لقائه مع أستاذه ما كان يصبو إليه من حديث شائق ومثير جعله لا يلتفت كثيراً إلى ما قد أعدّه طباخ الدكتور عبد القادر من مأكولات مغربية لذيذة، كالبسطيلة وطاجن الدجاج مع الزيتون الأخضر. لقد تفوّق جوعه الفكري على جوعه المعوي واستمر الحديث حتى ذهبا إلى صالة الجلوس ليتناولا الشاي المغربي الأخضر بالنعناع.

- "سيدي هناك رجل بالباب يريد مقابلتك" قاطع الخادم ثم مدّ يده ليعطي سيده ما يشبه الكرت الشخصي. نظر الدكتور عبد القادر إلى الكرت ثم هزّ رأسه للخادم وقال "أدخله المكتب".

- "أخشى أن أكون قد عطلتك عن بعض الأشغال" قال نعيم واقفاً مستعداً للرحيل ليترك أستاذه مع ضيفه القادم.

- "لا.. لا.. لم تنته جلستنا بعد، انتظرني دقائق وسأعود" قال الدكتور عبد القادر مشيراً لنعيم بالجلوس، ثم غادر المكان ليقابل الرجل الذي أعلن الخادم عن مجيئه.

مرّت اللحظات ونعيم يسترجع ما قد قيل له عن جده ومجلس

المبعوثان، وبدأ يتأمّل هذه الصدفة الغريبة التي جعلت الدكتور عبد القادر يكتشف جانباً من تاريخ أسرته كان مجهولاً له. ولكن ما أثاره أكثر كلما فكّر في الموضوع هو العام الذي كان فيه جده في مجلس المبعوثان في إستانبول. فبالرغم من قصر مدة توليه المنصب إلا أنه كان في أحرج فترة من تاريخ الدولة العثمانية الحديث. هل يا ترى شهد الأحداث التي أدّت إلى عزل السلطان عبد الحميد الثاني؟ ولما لم يستمر جده في منصبه سوى عام واحد؟ بدأت الأسئلة تتتابع على ذهن نعيم كالمطر المنهمر حتى دخل فجأة الدكتور عبد القادر المجلس ووجهه شاحباً كأنه قد رأى عفريتاً في سيب ممر مظلم.

– "أكل شيء على ما يرام؟" تساءل نعيم وقد لاحظ التغير الذي طرأ على وجه أستاذه.

– "نعم.. نعم كل شيء على ما يرام.. لقد كان ذلك" صمت قليلاً كأنه كان يفكر ثم أكمل "مدير قسم التاريخ بالمعبد".

– "المعبد؟" تساءل نعيم.

– "المركز العربي للبحوث والدراسات" قال الدكتور عبد القادر شارحاً لنعيم اختصار كلمة "معبد" ثم استطرد "لقد أخبرني عن وفاة أحد الزملاء".

– "عظّم الله أجرك في وفاة ذلك الزميل.. ما اسمه؟"

– "لا أظنك تعرفه، على العموم.. لا أريدك أن تشاركني الأحزان في أول لقاء لنا منذ سنوات".

شعر نعيم مع هذه العبارة الأخيرة بأن الوقت قد جاء للانصراف. فهو لا يزال يتذكّر تفضيل أستاذه الاختلاء بنفسه في لحظات الضيق، فلم يكن الدكتور عبد القادر من الأشخاص الذين يفضلون مشاركة همومهم مع الآخرين مهما كانت درجة الصلة أو القرابة.

- "دكتور عبد القادر، لقد استمتعت معك حقاً هذه الليلة على العشاء.. ولكن ائذن لي، علي أن أحضر بعض الأوراق قبل اجتماعي غداً".

- "شكراً على مجيئك يا نعيم، ولا أودّ أن أشغلك عن أعمالك بالذات وأنت مقبل على صفقة اتصالات كبيرة. كلمني غداً عندما تفرغ من اجتماعك، فلعلنا نستكمل حديثنا على الشاي إذا كان وقتك يسمح".

* * *

ظلت أحداث الليلة تشغل بال نعيم الوزان وهو في طريقه إلى الفندق محدثة ومضات من الأسئلة ما يفتأ أن يجيب على أحدها حتى يشتعل لهيب سؤال آخر في ذهنه يلهيه عن جواب السؤال السابق... كان نعيم يمرّ بأحد حالات الهيجان الفكري وبحاجة إلى كوب من القهوة.

- "هل يوجد مقهى قريب؟" سأل نعيم السائق الذي رافقه بأمر من الدكتور عبد القادر منذ لحظة وصوله إلى أرض المطار.

- "بالتأكيد، أترغب في مقهى عاد أم مقهى إنترنت؟" سأل السائق.

- "فليكن مقهى إنترنت، لا أعتقد أني سأنام قريباً، فلعلي أراجع بريدي الإلكتروني وأنا أشرب القهوة".

لم تمضِ سوى دقائق معدودة حتى صفت السيارة بجانب مقهى أنيق ليس ببعيد عن الفندق، وما أن دخل نعيم المقهى حتى جاءه السائق مسرعاً ليقوده نحو أريكة تبدو مريحة.

- "سآتي لك بحاسب آلي محمول لكي تعمل عليه، هذا المقهى يستخدم شبكة لاسلكية. إنه من أفضل سلسلة مقاهي الإنترنت في الرباط".

بعد ثوانٍ معدودة أتى السائق وبيده حاسباً آلياً محمولاً ليسلمه لنعيم المندهش من مدى حفاوة واهتمام السائق بشخصه، فبدا له كما لو أن الدكتور عبد القادر قد أوصى سائقه بأن يهتم به اهتماماً خاصاً.

- "شكراً جزيلاً على تعبك. لكنك تستطيع أن تتركني وسأعود إلى الفندق سيراً، فيبدو قريباً من هنا".

- "ولكن سيدي، لقد أمرني الدكتور عبد القادر أن أبقى معك حتى أوصلك إلى الفندق" قال السائق وقد بدا عليه القلق من أن يعصي أوامر مخدومه.

- "لقد قمت أنت والدكتور عبد القادر بالواجب وزيادة، لكني أرغب في الانفراد بنفسي وأن أنهي الليلة مشياً إلى الفندق" قال نعيم للسائق مصرّاً على طلبه.

- "أمرك سيدي... تصبح على خير" ردّ السائق ثم انصرف نحو السيارة المصفوفة خارج المقهى.

دخل نعيم على الإنترنت وبدأ يتصفّح بريده الإلكتروني المعروف لدى الآخرين، ثم دخل بعد ذلك على بريده الإلكتروني الخاص جداً الذي لا يعلمه أحد غيره والذي يستخدمه للتسجيل في الساحات السياسية. لم يدخل على بريده السري لتوقعه رسالة، بل فقط من أجل استمرار تفعيله حتى لا يغلق من عدم الاستخدام.

"الباحث" كان الاسم الذي اختاره كعنوان لبريده السرّي. فالإنسان عند نعيم هو باحث عن شيء ما سواء كان هذا الشيء مالاً أو سلطة أو غيرها من الأمور، ولكن في نهاية الأمر هناك شيء ما يحرك شخصاً ما للقيام برحلة بحث قد تطول أو تقصر.

هناك فئة من البشر تشكّل الحقيقة لديهم حافزاً للبحث. هذه الفئة لا تريد التفسيرات السطحية أو الإجابات السريعة، بل تريد الغوص في ماهية الأمور. ***تشكل لديهم كلمة "لماذا؟" و"كيف؟" أسئلة تبحث***

عن جواب. وقد امتلأت ساعات هذه الليلة القليلة بكثير من الاستفهامات الحائرة بين "لماذا؟" و"كيف؟"، المحيرة لذهن النعيم.

بدأ نعيم في رحلة من التأمل سرعان ما انتهت عندما لاحظ شيئاً غريباً ما كان ليعيره اهتماماً لولا أنه لاحظ شيئاً شبيهاً به قبل ذلك بفترة وجيزة في بيت الدكتور عبد القادر. لاحظ رسمة مألوفة تعلو اسم المقهى الملصق على الحاسب المحمول، "الهرم الذهبي" يعلوها شكل هرمي.

فجأة بدأت صورة واحدة تطغى على ذهن نعيم، صورة القبة الهرمية في قاعة طعام الدكتور عبد القادر!

4

بدأ طلعت نجاتي يشرب من فنجان القهوة وهو ينظر إلى موشي جولد بعد أن فرغا من الغداء منتظراً أن يحدثه موشي عن ذلك الأمر الذي دعاه من أجله.

- "طلعـــت.. لا أدري كيف أبدأ، ولكن أردت أن آخذ رأيك في مســـألة حيّرتني مؤخراً. أنت لست الشخص الوحيد الذي حكيت له ما سأقصّه عليك، ولكني إلى الآن لم أسمع تفسيراً منطقياً مقنعاً". استهلّ موشـــي حديثه وقد بدت على قسمات وجهه أطياف الحيرة ممزوجة بعلامات استفهام:

- "لقد أثرت فضولي يا موشي، أتمنّى أن يكون عندي رأي ذو فائدة لك، ولكن ما هو الموضوع؟"

- "مـــنذ حوالى الشهر كنت في جولة في الشرق الأوسط بدأت في إسرائيل. أجريت وقتها حواراً صحفياً مع وزير خارجية إسرائيل موفاز حائيم.

- "نعم لقد قرأت الحوار، كان رائعاً" قاطع طلعت.

- "شـــكراً.. لكـــن ليس موضوعي الحوار، ولكن ما رأيته تلك الليلة عندما دعاني موفاز حائيم إلى منزله على العشاء".

- "ذلـــك أمر غريب فعلاً، يهودي يدعوك على العشاء!" قاطع طلعت ممازحاً ولكنه سرعان ما أدرك استياء موشي من قطعه لحبل أفكاره.

- "كنـــت جالســـاً معه في مكتبته الخاصة عندما لمحت صورة قديمـــة معلقـــة على الحائط. كانت الصورة لأربعة رجال أمام قصر

يحمل طابعاً عثمانياً. أثارت فضولي تلك الصورة، فسألت موفاز حائيم عنها، فأجابني بأنها صورة جده زيفي حائيم مع ثلاثة من أصدقائه في إستانبول أخذت لهم في أوائل القرن العشرين. شرح لي بعدها كيف أن جده كان من تجار سالونيك التي كانت تخضع وقتها للحكم العثماني، وأنه عاش فترة لا بأس بها في إستانبول حين أخذت الصورة مع أصدقائه".

– "الدولة العثمانية كان فيها عدد لا بأس به من اليهود، بل بعضهم وصل إلى مراكز كبيرة في الحكومة" أضاف طلعت وهو غير مستغرب إلى الآن مما سمع من موشي.

– "صبراً عليَّ، فلا زال للقصة بقية... ذهبت بعد زيارتي لإسرائيل إلى تركيا من أجل استكمال موضوعاً قد أعددته عن دور الحكومة التركية في عملية السلام في الشرق الأوسط، زرت أثناء وجودي في إستانبول قصر الدولمة بهجة، وقد دعاني مدير متحف القصر، الذي تربطني به صداقة، إلى الاطلاع على العديد من الوثائق المخزنة غير المعروضة للعامة. إحدى هذه الوثائق كانت صورة لأحد وزراء البلاط العثماني سنة 1908 يدعى محمد جاويد باشا" قال موشي ثم صمت قليلاً وهو ينظر إلى طلعت وقد امتلأ حماساً لما سيعلنه بعد ثواني على صديقه.

– "طلعت... محمد جاويد باشا هو نفسه زيفي حائيم!"

5

عام 1908

كان العام 1908 عاماً ساخناً ومليئاً بالأحداث في عاصمة الدولة العثمانية إستانبول. فبعد صراع شديد ودام مع حركة الاتحاد والترقي، استجاب السلطان عبد الحميد الثاني لمعظم مطالبهم؛ وعلى رأسها إعادة الحياة البرلمانية في البلاد، والتي كان قد أوقفها بعد توليه الحكم منذ ما يقارب الثلاثين عاماً، لظنّه أن الخطر الذي وجد الدولة تعاني منه من قبل جيرانها كروسيا والنمسا لا يجعل الوقت مناسباً لحياة برلمانية قد تعيق اتخاذ قرارات حاسمة لا تتحمل التأجيل. وما أن تولى السلطان عبد الحميد الثاني الحكم حتى دخلت الدولة العثمانية في حروب جديدة مع روسيا وبولونيا بعد هدنة قصيرة، وذلك بخلاف القلاقل في المقاطعات الأوروبية من الدولة. تلك الحروب المتتالية تركت أثراً سيئاً على الخزانة إلى الدرجة التي جعلت الدولة غير قادرة على دفع مرتبات الجنود. فلم يكن من العجب أن يكون من أقطاب حركة الاتحاد والترقي ضباط من الجيش الذين تحالفوا مع بعض كبار الساسة ليكونوا حركة أصبحت مع بدايات القرن العشرين هي الأقوى في الساحة التركية. حيث استطاعت في العام 1908 أن تفرض نفسها على سلطان البلاد وتعيد الحياة البرلمانية الممثلة في مجلس المبعوثان وتسيطر على أغلب مقاعده. في ظل تلك الظروف، كان وصول خليل الوزان إلى إستانبول كأحد مبعوثي مقاطعة الحجاز في مجلس المبعوثان.

لم يكن اختيار خليل الوزان لكونه أحد كبار التجار في المدينة

المنورة وحسب، ولكن لحب أهل المدينة الشديد له وثقتهم به لما يمثله من كرم وأمانة وحسن تعامل، مما شكل ضغطاً كبيراً على خليل لكي يقبل أن يكون أحد ممثلي الحجاز لدى الباب العالي في عاصمة الدولة.

* * *

لم تكن هذه هي المرة الأولى التي زار فيها خليل إستانبول، فقد سبق له أن أتى في رحلات عمل لشراء بعض البضائع من أجل تجارته؛ مما جعله على إطلاع على ما يجري من تحولات في قلب الدولة في ظل الأحداث المشتعلة في الداخل والخارج. ولكن قدومه هذه المرة كان له طعم آخر، فهو الآن من رجالات الدولة - شاء أم أبى - لقد أصبح، أو على وشك أن يصبح جزءاً من اللعبة السياسية في دولة توصف بالرجل المريض الذي تتصارع أوروبا على إرثه. بل إن الطمع في الإرث قد وجد له مكاناً في داخل الدولة من قبل مختلف الولايات الأوروبية والعربية التي لم تجد مستقبلها مع رجل مريض يحتضر. ولكن الرجل المريض كان يريد أن يسترد عافيته في الفترة الأخيرة من خلال محاولات يائسة في إصلاح البيت الداخلي من قبل السلطان عبد الحميد الثاني؛ الذي أدرك الفقر والتخلف الذي أصاب الولايات العربية على إثر إهمال أجداده لها. أدرك أن عمق الدولة الحقيقي هي تلك الأقطار العربية التي لم تتطوّر منذ ثلاثة قرون في عالم يعيش تبعات الثورة الصناعية. فكان من ضمن مشاريعه التي أنجزها؛ تشييد قطار الحجاز الذي ربط بين دمشق والمدينة المنورة.

كان خليل يتمنّى أن تستمر مثل هذه المشاريع؛ لإحياء مناطق من الدولة كانت قد أهملت، حتى يبث فيها روح النهضة والتقدم لكي تستطيع أن تلحق بركب التطور وتنتشل من غياهب الفقر والتخلف.

كان من أهداف مجيئه إلى إستانبول أن يحثّ، من خلال موقعه في مجلس المبعوثان، الباب العالي على بناء المدارس والمشافي في الحجاز. فقد وجد في السلطان عبد الحميد الثاني أملاً في تحسين الحال غير أنه قد ظهر طرف جديد في المعادلة، وعليه التعامل معه؛ اسمه الاتحاد والترقي.

6

عام 1908

كان في استقبال خليل الوزان في ميناء إستانبول مندوب من الباب العالي، أقلّه في عربة فاخرة تجرّها أربعة خيول سوداء إلى قصر الضيافة عبر شوارع المدينة الشبيهة بأحدث مدن أوروبا.

- "أهلاً بك سيدي في عاصمة الدولة" قال المندوب ثم استكمل "سنصل قصر الضيافة في خلال عشر دقائق".

أخذ خليل الوزان يتأمّل مندوب الضيافة؛ الذي بدا بزيه الأوروبي الأنيق، وشعره المصفوف إلى الخلف وكأنه مندوب بريطاني وليس تركياً، كما أن خليل قد تعجّب من عدم ارتدائه الطربوش التركي الشهير الذي كان يميّز أغلب من رأى من رعايا الدولة العثمانية في آخر مرة قدم فيها إلى إستانبول. بدا الرجل في عقده الرابع، متوسط الطول، أشقر الشعر، ولكن ما لفت انتباه خليل أكثر من أي شيء أخر؛ هي لكنته اليونانية أثناء حديثه معه عند استقباله.

- "لم تعرِّفنا باسمك يا أخي" سأل خليل المندوب الذي كان جالساً أمامه في العربة الفاخرة وهي تسير باتجاه قصر الضيافة.

- "مصطفى السالوني في خدمتكم، سأكون مرافقكم الخاص أثناء وجود سعادتكم في إستانبول".

- "السالوني" ردّد خليل متأملاً الرجل ثم أكمل "أهذه نسبة إلى سالونيك؟"

تعجّب الرجل من هذه الملاحظة التي أبداها المبعوث الحجازي والتي نمت عن معرفة ما كان يتوقعها من عربي آتٍ من بلاد نائية.

– "نعم سيدي، نسبة إلى سالونيك مسقط رأسي. هل زرتها؟"

– "لا، ولكني سمعت عنها. فلي صديق هنا في إستانبول عاش في سالونيك فترة من الزمن، كما أن الشريف غالب الذي حكم مكة منذ قرن؛ قد نفي إليها من قبل محمد علي باشا والي مصر في ذلك الوقت".

أخذ مصطفى السالوني ينظر إلى خليل الوزان بشكل يختلف عن نظرته له في الدقائق السابقة. فبدا له أن هذا العربي القادم من صحراء الحجاز لمّاح وعلى درجة من المعرفة.

لم تكن نظرة بعض الأتراك وغيرهم من رعايا الولايات العثمانية الأوروبية إلى العرب تحمل الاحترام أو التقدير، جزء منها كان عائداً إلى تفشي الجهل والفقر في الولايات العربية؛ مما أدّى إلى انغلاق رعاياها عن مراكز القوة والنفوذ في الباب العالي؛ حيث تدار الدولة. وقد أصبح الرداء العربي رمزاً للتأخر الحضاري، بعكس الرداء الأوروبي الذي كان يقبل عليه المتعلمون وأصحاب النفوذ في الدولة؛ خصوصاً من الأعراق التركية وغيرها من الأعراق غير العربية. وقد ساهم هذا في النظر إلى العرب على أنهم رافضون للتمدن ومواكبة الحضارة ومتغيراتها، وأنهم لا يزالون يريدون العيش في القرون الوسطى مع ذكريات أجدادهم الذين حكموا في الماضي. فأصبح الكثيرون ينظرون إلى العربي على أنه جاهل إلى أن يثبت العكس.

* * *

وصلت العربة إلى مقر قصر الضيافة ذي الطراز الفكتوري الممزوج ببعض اللمسات العثمانية. لاحظ خليل أن معمار العاصمة أخذ يقترب أكثر وأكثر من معمار المدن الأوروبية، لدرجة أنه شعر

عند سير العربة في بعض الأحياء الراقية أنه يسير في إحدى مدن دول أوروبا وليس في عاصمة الخلافة.

– "أي أوامر، أينقص أفنديكم أي شيء؟" سأل مصطفى السالوني بعد أن رافق خليل الوزان إلى جناحه الفاخر بالدور العلوي؛ الذي كان مخصصاً لأجنحة مبعوثي ولايات الدولة. "غداً بعد الظهر سآمركم لكي ننتقل إلى قصر الدولمة بهجة للسلام على مولانا السلطان مع باقي المبعوثين؛ ولا تنسَ أفنديكم! العشاء غداً في قصر طلعت باشا". أنهى مصطفى جملته ثم انصرف بعد أن أذن له خليل الوزان الذي أراد أن يغفو قليلاً بعد رحلة طويلة.

شهدت ردهات القصر حركة غير مسبوقة بسبب قدوم أعضاء مجلس "المبعوثان" ومعاونيهم. وقد أتى البعض بحاشيته وخدمه لكي يظهروا لباقي ممثلي الولايات مدى ثرائهم ونعم بلدانهم عليهم ورغد الحياة التي ينعمون بها. فلم تكن لدى البعض رغبة في نقل هموم ومشاكل أبناء الولاية التي بعثوا من أجل تمثيلها لدى الباب العالي بقدر ما كان لهم أطماع شخصية في التقرب من السلطان وحاشيته. أما غالبية أعضاء مجلس "المبعوثان" المنتسبين إلى جماعة الاتحاد والترقي؛ التي أصبحت حزباً سياسياً تسيطر على مجريات الأمور في الدولة بفضل قادة الجيش المؤسسين للحركة فقد كانوا على شاكلة مختلفة من الباقي، ليس فقط من حيث مظهرهم الأقرب إلى الأوروبيين، ولكن أيضاً من حيث الثقافة والتعليم؛ إذ إن كثيراً منهم قد تلقّى تعليمه في فرنسا وإنكلترا.

* * *

ما أن وضع خليل رأسه على الوسادة، بعد أن صلّى صلاة المغرب، حتى انغمس في النوم ولم يستيقظ إلى أن انتصف الليل على إثر صوت باب يغلق في الجناح المقابل. "لا بد أن نزيل ذلك الجناح؛

قد وصل للتو". أخذ يفكّر خليل بعد أن فاق واستيقظ.

بدأ خليل الوزان يتأمّل جناحه الفاخر المكوّن من غرفة نوم واسعة تكفي عائلة بكاملها، ملحقة بصالة استقبال، تفوق حجم غرفة النوم مرتين، مفروشة بأجود أطقم الكنب الإيطالي والسجاد العجمي. دهش خليل من هذا الترف الذي يكفي لسدّ حاجة جميع فقراء المدينة المنورة؛ بل وقد يفيض منه لفقراء مكة أيضاً، ثم تنهّد متأسياً على حال ديرته المليئة بالفقر والجوع وهو يرى رغد العيش في عاصمة الخلافة؛ حياة لم يشهدها الحجاز منذ زمن بعيد. وتذكّر في هذه اللحظة أبيات الشاعر أبي البقاء الرندي إبان سقوط مدن الأندلس الواحدة تلو الأخرى:

لكل شيء إذا ما تمّ نقصان

فلا يغرّ بطيب العيش إنسان

هي الأمور كما شاهدتها دول

من سرّه زمن ساءته أزمان

ثم أخذ يحادث نفسه كيف تبدّل حال المسلمين ووصل بهم الحال إلى هذا التقهقر الملحوظ. فدول المغرب العربي أصبحت تحت السيطرة الفرنسية، ومصر تحت السيطرة البريطانية، روسيا قد مزّقت أغلب ولايات وسط آسيا من الدولة العثمانية، كما أن الكثير من ولايات شرق أوروبا: كبولونيا واليونان وبلغاريا وغيرها، التي جلست أكثر من أربعة قرون جزءاً من العالم الإسلامي تحت دولة الخلافة العثمانية، ها قد انتزعت هي الأخرى.

"ولكن السلطان عبد الحميد الثاني مختلف عمن سبقوه من خلفاء بني عثمان في الآونة الأخيرة. فهو يريد الإصلاح وإعادة الروح في الخلافة من جديد". كان خليل دوماً يقول لأعيان الحجاز الذين ضاقوا ذرعاً من إهمال الدولة لبلادهم... "وهل يرجى من الأرض زرع بعد

أن بارت" كان البعض يردّ عليه؛ ولكن خليل لم يكن ممن ييأسون بسهولة، أو ربما لم يرد أن يدخل اليأس إلى نفسه؛ فهو لم يرَ البديل الأفضل ظاهراً في الأفق. فكان يخشى أن تتكرّر مأساة الأندلس هنا في حاضرة العالم الإسلامي فتصبح القاهرة وبغداد وإستانبول في ذاكرة المسلمين كما أصبحت طليطلة وقرطبة وغرناطة.

- "أعوذ بالله من الشيطان الرجيم" أخذ خليل يدافع الأفكار السوداء التي كانت تراوده من الحين للحين؛ فقرّر أن يفعل ما اعتاد فعله كلما بدأ الغم والحزن يتملكانه.

- "بسم الله الرحمن الرحيم. ﴿الم * ذَلِكَ الْكِتَابُ لاَ رَيْبَ فِيهِ...﴾".

* * *

- ﴿وَمِنَ النَّاسِ مَنْ يَقُولُ آمَنَّا بِاللَّهِ وَبِالْيَوْمِ الآخِرِ وَمَا هُمْ بِمُؤْمِنِينَ﴾. ما كاد خليل ينتهي من تلاوة تلك الآية من سورة البقرة حتى ظنّ أنه سمع صوت طرقات على باب جناحه. استغرب! من يمكن أن يكون الزائر في مثل هذا الوقت المتأخر من الليل؟! لم تمضِ سوى ثوانٍ حتى وجد إجابة عن سؤاله عند فتحه للباب. "لا أحد... يبدو أن بابي لم يكن المقصود بتلك الطرقات" وما أن همَّ بإغلاق الباب حتى ظنَّ أنه رأى شيئاً يتحرّك في آخر الممر المؤدِّي إلى صالة التوزيع بالطابق. لم تكن الملامح واضحة لبعد المسافة وقلّة الإضاءة في ذلك الوقت من الليل؛ ولكنه حتماً رأى شيئاً ما يتحرك بدا له كجسم رجل.

لم يستغرق خليل الوزان فترة طويلة في التفكير؛ فسرعان ما قرّر أن يستكشف الأمر، فتحرك باتجاه الجسم المتحرك عند آخر الممر. "لا شيء غير صالة توزيع مليئة بالتحف والصور وبعض الأرائك والنمارق". أخذ يفكر خليل وهو ينظر حوله محاولاً أن يجد تفسيراً منطقياً لما ظن أنه رأى، فقرّر الرجوع إلى جناحه الخاص.

وبينما هو كذلك، إذ به يسمع صوتاً خافتاً قادماً من الطابق الأرضي من القصر. استدار خليل ملقياً نظره على السلم المؤدِّي إلى الطابق السفلي وقرّر ملاحقة الصوت؛ ولم تمضِ لحظات حتى وجد نفسه منقاداً إلى مكتبة القصر.

دخل خليل المكتبة ووجد عدداً لا بأس به من الكتب؛ ولكن ما أثار انتباهه أكثر كان جمال المكان؛ من حيث السقف العالي المزينة حوافه بأعمال الجبس الملون بماء الذهب، وقبة هرمية تعلو منتصف المكتبة لم يرَ لها مثيلاً من قبل. وما كاد يخلو من تأمله للمكان حتى تذكّر سبب مجيئه؛ فأخذ ينظر حوله لعله يجد مصدر ما رأى وسمع من قليل. لم يكن أحد غيره في المكان، هذا ما تأكد منه بعد أن جاب بنظره جميع جوانب المكتبة. ولكن لفت انتباهه في منتصف القاعة مجسماً هرمياً متوازياً تماماً مع القبة التي تعلوه وفي منتصفه تجويف على شكل عين إنسان.

- "يا لها من تحفة معمارية" قال خليل وهو يتأمل ويتفحص المجسم مستعيناً بضوء القمر النافذ من جوانب زجاجية تحف القبة الهرمية؛ وكأن مصمّمها تعمّد تسليط الضوء على ذلك المجسم بعينه الوحيدة الناظرة إلى جانب من جوانب المكتبة. فجأة سمع خليل صوت صفير خافت، وبعد تأمل بسيط بدا الصفير وكأنه قادم من نفس الجانب الذي تنظر إليه العين في المجسم الهرمي.

تحرك خليل الوزان باتجاه الصفير حتى وصل إلى حائط في أسفله مدفأة حطب. ظنَّ لوهلة أن الصوت ربما بفعل تيار هواء قادم من المدفأة؛ ولكن سرعان ما أدرك خلاف ذلك؛ إذ شعر بنفحات ريح من فوق المدفأة. عندئذ أخذ الشك يراود خليل؛ فقام بتحسس الحائط حول المدفأة فوجد ما أثار دهشته. فقد كان هناك شق دقيق على جانبي المدفأة ممتد من الأرض إلى ارتفاع مترين، هنا بدأ خليل يدرك سرّ الأصوات المختلفة التي سمعها والجسم الذي رآه يتحرك

في سيب الطابق العلوي.

- "هذا ليس حائطاً... بل باباً سرّياً يخفي وراءه أمراً ما!"

7

استيقظ نعيم الوزان على صوت هاتفه الجوال يرنّ بإصرار. كانت الساعة السابعة صباحاً بتوقيت المغرب وكان نعيم يستمتع بنوم عميق بعد يوم حافل قضاه في اجتماع ناجح مع رجل الأعمال المغربي؛ العلوي بن شقرون. ولكن رنين الجوال لم يجعله يكمل استمتاعه بوسادة الفندق الطرية.

– "ألو".

– "سلام عليكم أبو عبد الله.. عسى ما صحيتك من النوم؟" كان على الخط سعد العثمان، شريكه من الرياض، اتصل ليطمئن على أخبار المفاوضات مع رجل الأعمال المغربي.

– "وعليكم السلام.. لا عليك كان لا بدّ لي أن أصحو.. فما من لذّة تدوم!"

– "طمّني، كيف جرى لقائك مع بن شقرون؟"

– "لقد اقتنع بالانضمام إلى تكتلنا تحت مظلة الشريك السعودي".

– "رائع.. ما شاء الله عليك، صحيح ما يجيبها غيرك يا أبو عبد الله" قال سعد ببهجة واضحة ثم أكمل "هل لا زلت على موعد ذهابك الليلة إلى القاهرة؟"

– "إن شاء الله".

– "إذا سأذكّر مصطفى بأن يؤكد موعدك غداً مع فؤاد شوكت... على فكرة؛ هل التقيت أستاذ الجغرافية الذي حدثتني عنه؟"

– "قصدك أستاذ التاريخ، نعم التقيته عند وصولي قبل البارحة".

– "إذاً كانت رحلة موفقة على جميع الأصعدة. لن أطيل عليك ونراك قريباً إن شاء الله في الرياض".

انتهت المكالمة بعد أن أنهت معها كل بقايا نعاس نعيم؛ الذي قرّر أن يستغل ساعات النهار قبل سفره في محاولة ترتيب لقاء مع الدكتور عبد القادر بنوزّاني؛ لعله ينجح اليوم في الحصول عليه بعد عدة محاولات فاشلة البارحة قبل لقائه مع العلوي بن شقرون، وكان قد قرّر أنه لن يغادر المغرب قبل أن يلتقي أستاذه ولو لدقائق.

حاول نعيم بعد مضي ساعتين كان قد تناول أثنائهما الإفطار وقرأ الجرائد الاتصال على جوال الدكتور عبد القادر عدة مرات؛ ولكن دون ردّ. حاول بعدها الاتصال على هاتف المنزل، ولكن كانت النتيجة هي نفسها. "غريب! لماذا لا يردّ ولم يعاود الاتصال بي؟! أكيد ظهر له رقم جوالي اليوم والبارحة". أخذ يفكّر نعيم وقد بدأ القلق يساوره؛ خصوصاً بعد تذكره نهاية لقائه مع الدكتور عبد القادر بعد زيارة ذلك الضيف؛ مدير قسم التاريخ بالمركز العربي للبحوث والدراسات أو"المعبد" كما اختصره. تذكّر لونه الشاحب والقلق الذي حاول إخفائه عنه بعد مغادرة ذلك الضيف. "هل كانت المسألة مجرد وفاة زميل، أو أن الأمر كان أبعد من ذلك".

كلما ازداد نعيم في تحليل أحداث تلك الليلة، كلما ازداد قلقه أكثر؛ حتى قرّر أنه لا جدوى من الانتظار، وخصوصاً أنه مسافر بعد ساعات، فقرّر الذهاب إلى منزل الدكتور عبد القادر.

* * *

وصل نعيم إلى منزل الدكتور عبد القادر الذي كان يبعد بضع دقائق عن الفندق. نزل من السيارة التي استأجرها بعد أن طلب من السائق الانتظار. كان نعيم يخشى على أستاذه أن يكون قد أصابته علة ما ألزمته الفراش بحيث لا يستطيع الردّ على هاتفه. "ولكن ما

الذي منع خادمه من الردّ على الهاتف بدلاً منه. هل يعقل أن يكون جميع الخدم في إجازة، والدكتور عبد القادر بمفرده في المنزل مريضاً؟" ظلت تراوده تلك الأفكار؛ الواحدة تلو الأخرى، وهو يتجه نحو باب الفيلا الأنيقة بحي السويسي الهادئ.

مضت دقيقة ونعيم يرنّ جرس الباب دون ردّ. "لا يوجد أحد! أين الخدم على الأقل؟" بدأت الريبة تدخل قلبه، ولكن لم يكن أمامه غير أن يحاول مرة أخرى الاتصال بجوال الدكتور عبد القادر؛ فلعله يردّ هذه المرة.

أخذ نعيم يخطو باتجاه السيارة؛ عندما سمع ما جعله يتصلّب في مكانه ويلغي اتصاله بجوال الدكتور عبد القادر ليعاود الاتصال بعد انتظار ثانيتين. لم يكن هناك أدنى شك لديه، لقد كان جوال الدكتور عبد القادر يرنّ من داخل المنزل!

بدأ القلق يتملّك من نعيم أكثر، فلا أحد يردّ على جرس الباب، ومنذ البارحة والدكتور عبد القادر لا يجيب على جواله أو هاتف المنزل، ومن الواضح أن جواله في الداخل، فإما أن يكون قد سافر إلى مكان ما دون إخباره وقد نسي الجوال، أو أن يكون... لم ينتظر نعيم حتى يستعرض باقي الاحتمالات، فاتخذ قراراً وعزم عليه.

ذهب نعيم للسائق الذي معه وعرض عليه عرضاً لم يعتده من زبائنه المحترمين وغير المحترمين. "ولكن لما لا؟!" فكّر السائق. مئة درهم مقابل القفز فوق سور المنزل وفتح باب الحديقة؛ لا يبدو عملاً شاقاً أو صعب التنفيذ.

ما أن فتح السائق الباب حتى هرع نعيم نحو الباب الداخلي وهو يدعو الله أن لا يجده مغلقاً.

– "دكتور عبد القادر!" أخذ ينادي نعيم بعد فتحه الباب الذي لم يكن مغلقاً؛ وكما لو أن الله قد استجاب لدعائه. "دكتور عبد القادر،

هذا أنا نعيم" استمر في النداء دون جدوى، ثم نظر إلى هاتفه الجوال فعاود الاتصال مرة أخرى ليتتبع صوت الرنين.

قاده رنين جوال الدكتور عبد القادر في اتجاه المكتب الذي كان قد لمحه عند زيارته قبل يومين. بدأ يتذكّر نعيم أحداث تلك الليلة، وبالأخص وجه الدكتور عبد القادر الشاحب بعد مقابلة ضيفه في المكتب الذي يتّجه إليه الآن.

– "دكتور عبد القادر..." نادى نعيم وهو يفتح باب المكتب. ثم دخل ليجد أمامه ما لم يخطر أبداً على باله في يوم من الأيام؛ حتى أنه لوهلة ساوره الشك في أن يكون مستيقظاً، فلعله لا يزال في الفندق طريح الفراش يحلم بهذه الأحداث اللامعقولة، ولكن نعيم أدرك أنه لم يكن يحلم، فلقد كان ما يرى أمامه واقعاً مهما حاول التشكيك فيه.

الدكتور عبد القادر بنوزّاني أستاذ التاريخ، ذلك العقل الجبار النافذ، ذلك المثقف المرموق، لم يكن الآن سوى جثمان هامد، معلقاً بحبل حول رقبته من الثريا... مشنوقاً!

8

تمرّ على الإنسان أحداث قد لا يجد لها معنى. وتمرّ أحداث يكون المعنى فيها واضحاً. وفي أحيان أخرى تمرّ على الإنسان أحداث قد تبدو في الوهلة الأولى أن ليس لها معنى؛ ولكن سرعان ما ينجلي عنها معانٍ ومعانٍ كفيلة بأن تغيّر مسار حياته إلى الأبد. كانت الأحداث التي بدأ يمرّ بها نعيم الوزان منذ قدومه إلى المغرب هي من النوع الأخير.

قضى نعيم ساعات رحلته من مطار محمد الخامس الدولي إلى مطار القاهرة الدولي وهو غارق في حيرته مما جرى في الرباط. لم يصدق أنه شهد وفاة أستاذه الذي لم يره منذ سنوات. وأي وفاة هذه؟! "أيعقل أن يشنق الدكتور عبد القادر نفسه؟ ولكن لماذا؟" وما أدهش نعيم أن لقاءه الأخير مع الدكتور عبد القادر لم يكن فيه ما يدلّ على حالة نفسية سيئة تجعل صاحبها يرغب في التخلص من هموم حياته عن طريق الانتحار، بل على العكس؛ كان الدكتور عبد القادر متحمساً لمشروع كتابه الجديد الذي حدثه عنه في تلك الليلة.

عاد نعيم بذاكرته إلى تلك الليلة؛ يفتش بين ثنايا أحداثها؛ يتلمس سبباً ربما خفي عليه يفسر سبب انتحار أستاذه. لم يعكر صفو اللقاء في تلك الليلة سوى خبر الوفاة الذي حمله ذلك الضيف للدكتور عبد القادر. لم يبد لنعيم أن وفاة زميل أو حتى صديق قد يكون سبباً وجيهاً يجعل شخصاً مثل الدكتور عبد القادر يقدم على الانتحار.

الحقيقة أن نعيم مع غرابة أحداث تلك الليلة، وما سمع فيها عن جده، وعن الكتاب الذي سيفشي أسراراً جديدة عن حقبة سقوط الخلافة العثمانية؛ لم يجد في استعراضه للأحداث كما يتذكّرها ما

يفسّر ما حدث بعد ذلك لأستاذه. فأخذ يفكّر؛ علّه كان هناك أمر ما يخفيه الدكتور عبد القادر جعله يقدم على عمل يائس كالانتحار. وفجأة بدأت صورة الجسمان المشنوق تملأ رأس نعيم، ذلك المنظر الأليم لأستاذه، والبيجاما الغريبة التي كان يرتديها؛ الأشبه برداء لعبة الجودو ولكن دون حزام أو زرائر، كاشفة عن صدره وبطنه. ولم يكن ذلك هو الجزء الوحيد العاري من جسده كما تذكّر نعيم، ولكن لسبب ما كانت ساقه اليسرى مكشوفة حتى الركبة. لم يعتقد نعيم أنه سينسى ذلك المنظر أبداً مهما مرّت السنوات. وما ضاعف من حزنه؛ هو جهله السبب الذي قاد أستاذه للانتحار.

حطّت الطائرة في مطار القاهرة الدولي وكأنها لم تقلع إلا منذ بضع دقائق، فقد مضى الوقت دون أن يشعر به نعيم وهو غارق في تأملاته. وسرعان ما بدأ رنين جواله يعلو مذكراً إياه بواقع الحياة المليء بالمشاغل.

* * *

استمرّت المكالمات الواحدة تلو الأخرى؛ من شريكه سعد العثمان، ومدير مكتبه مصطفى نديم وغيرهما. وعندما لم يكن هناك اتصال كانت الرسائل لا تنقطع؛ القليل منها معزية في أستاذه المقرب الذي توفي، أما غالبية الرسائل كانت متعلقة بأمور العمل؛ مذكرة نعيم بسبب تواجده في القاهرة بعد أن تأخّر يومين عن موعد مجيئه نتيجة حادث الوفاة، وإصراره على حضور الدفن والعزاء.

استقل نعيم السيارة التي كانت في انتظاره، وطلب من السائق أن يأخذه مباشرة إلى الفندق. أثناء الطريق؛ استغلّ نعيم الوقت في مراجعة جدول مواعيده المخزن على جهازه المحمول. كان أهم موعد هو الذي أتى به أساساً إلى القاهرة؛ وهو موعده مع فؤاد شوكت رئيس مجلس إدارة شركة بنية الاتصالات؛ وهي إحدى

الشركات الأساسية في التجمع العربي التركي للاتصالات الراغب في الحصول على رخصة الجوال الثالثة في السعودية. كانت المفاوضات التي كلّف بها نعيم من قبل باقي الشركاء السعوديين؛ والتي أخذته إلى الرباط، ومن ثم إلى القاهرة؛ تتعلق بمن سيتولى إدارة الشركة الجديدة التي سينشأها التجمع. كان نعيم وباقي الشركاء السعوديين يرغبون في تولي الإدارة ؛ولكن العقبة كانت في أن حصتهم لم تتجاوز الثلث. أملهم الوحيد كان في إقناع الشريك المغربي؛ العلوي بن شقرون، ومن ثم استخدامه كورقة ضغط على الشريك المصري فؤاد شوكت. كان أسلوب نعيم في المفاوضات، والذي أكسبه ثقة باقي الشركاء، يعتمد على كسب ثقة الطرف الآخر أولاً. يعتمد في ذلك على محاولة معرفة اهتماماته، ومن ثم التحدث فيها قليلاً، والاستماع إلى الآخر كثيراً. كان قد تعلّم من والده، الذي كان بدوره من كبار تجار المدينة، أن يستمع أكثر من أن يتحدث؛ إذا أراد فهم من أمامه، وحتى يكتشف مفتاح شخصيته التي من خلالها يستطيع الحصول على ما يريده منه. ذلك الأسلوب كان يجعل الطرف الآخر من النقاش يرتاح لحسن إنصات نعيم وفي نفس الوقت كان يمكن نعيم من التقاط الدلائل على مفتاح الشخصية من خلال كلامه. ذلك ما مكّن نعيم من كسب ثقة وإقناع العلوي بن شقرون؛ عندما اكتشف بعد عشر دقائق من اللقاء أنه من عشاق الطرب الشرقي الأصيل. فحدّثه نعيم عن بعض الجوانب التاريخية التي لا يعلمها الكثير عن تطور الغناء الشرقي؛ منذ زمن عبده الحامولي في القرن التاسع العشر، وعلاقته مع الخديوي إسماعيل؛ حاكم مصر في ذلك الوقت، وعن ذهابه إلى إستانبول وتأثره بالمقامات التركية التي أدخلها على المقامات الشرقية محدثاً تطوراً في الغناء الشرقي، وتناول الحديث رواداً آخرين في الغناء الشرقي؛ كمحمد عثمان، وسلامة حجازي، وسيد درويش، واستخدامه للغناء في التعبير عن احتقان الشعب المصري قبيل ثورة

1919، وغيرها من مواضيعٍ استمر الحديث فيها قرابة الساعة قبل التطرق إلى الموضوع الذي قدم من أجله نعيم. استطاع خلالها من كسب العلوي بن شقرون صديقاً وليس فقط شريك عمل. ذلك الأسلوب الفريد هو الذي كان يمكّن نعيم الوزان في مفاوضاته من الحصول على الكثير من المكاسب؛ ومع ذلك كان دائماً يحرص على أن تكون المكاسب تشمل جميع الأطراف وأن لا يغبن أحداً حقه.

كان الطريق من المطار إلى الفندق مزدحماً، فبالرغم من مرور ثلاثون دقيقة إلا أن السيارة لم تقطع سوى نصف المسافة؛ مما جعل نعيم يستغل الوقت في إنهاء بعض المعاملات البسيطة عبر رسائل الجوال وإجراء بعض المكالمات. بعد فروغ نعيم من جواله بدأ يلتفت إلى الطريق ليتأمل الأرصفة المكتظة بالمارة والمتسوقين؛ الواقفين أمام المحلات التجارية؛ بعضهم مترددون في الدخول إلى المحل، والبعض الآخر يبدو أنه قد حسم المسألة واكتفى بتأمل البضاعة المعروضة. لقد تغيّرت القاهرة على نعيم بعض الشيء منذ آخر زيارة له قبل عشر سنين. عمائر جديدة، ومحلات راقية، ومقاهي عصرية على الطراز الأميركي، كلها لا يتذكّرها في زيارته السابقة. حتى شارع الملك عبد العزيز آل سعود في المنيل؛ الذي كان ملتقى الشباب السعودي في ذلك الوقت، بدا كورنيشه أكثر اخضراراً وأنظف مما كان عليه في السابق. استمرّ نعيم في تأملاته هذه لشوارع القاهرة حتى انتبه إلى مقهى؛ كان يبدو الإقبال عليه كثيف من قبل الشباب أكثر من غيره بشكل واضح. تأمّل اسم المقهى؛ وإذ لدهشته كان اسمه مثل اسم المقهى الذي ارتاده عندما كان في الرباط؛ "الهرم الذهبي". استغرب من هذه المصادفة؛ ولكن سرعان ما أدرك أنه ليس فقط متشابهاً في الاسم، بل وفي نفس الشكل الخارجي للمبنى؛ على شكل هرم يتوسّط حديقة بيضاوية. هنا أدرك نعيم أنها لا بد أن تكون سلسلة من المقاهي في مصر والمغرب وللتأكد سأل

السائق.

- "ما هذا المقهى الذي صمّم على شكل هرم؟"

- "هذا مقهى إنترنت شهير؛ اسمه الهرم الذهبي. يقال إن به أسرع خطوط إنترنت وقهوته رائعة".

- "هل هناك فروع أخرى أو هذا هو الفرع الوحيد؟" سأل نعيم.

- "لا، بل هناك فروع عديدة في القاهرة وفي مدن أخرى في مصر".

- "وفي خارج مصر أيضاً. لقد ذهبت إلى واحد في الرباط، ولكني لم أدرك وقتها أنه جزء من سلسلة مقاهي مشهورة ومنتشرة على الأقل في المغرب ومصر" أضاف نعيم.

- "لم تكن منتشرة في مصر قبل سنتين. أظن أني سمعت أنها سلسلة مقاهي تابعة لشركة مغربية وفروع مصر هي الأولى في العالم العربي خارج المغرب".

- "غريب، مع أن الاسم يوحي بأنها شركة مصرية..هنا الأهرامات وليس في المغرب". علق نعيم وقد اندهش من مدى انتشار هذه السلسلة من المقاهي والتي لم يسمع بها من قبل إلى أن رآها في المغرب ثم الآن في مصر.

وصل نعيم إلى الفندق المطلّ على النيل بعد مضي قرابة خمس وأربعين دقيقة في الطريق من المطار. وما أن دخل غرفته حتى ألقى بنفسه على الفراش من شدة التعب. استغرق في النوم حتى آذان الفجر، إذ قام بعد نوم عميق شعر بعده أنه بحاجة إلى حمام دافئ ينعشه قبل أن يصلي ركعتي الفجر.

كان أمام نعيم يوماً حافلاً؛ على رأسه اجتماعه مع فؤاد شوكت بعد الظهر. وكان عليه أن يستعدّ جيداً لذلك الاجتماع، ففؤاد شوكت رجل أعمال حذق ومشهور بقدرته التفاوضية وخبرته الواسعة في

مجال الاتصالات. كان اختيار نعيم بخبرته المحدودة نسبياً مجازفة؛ ما كان ليقدم عليها الشركاء السعوديون لولا ثقتهم في ذكائه وقدرته الكبيرة في كسب صف من أمامه. شعر نعيم أن أفضل استعداد ليومه الحافل هو المشي حول الفندق ومشاهدة شروق الشمس على ضفتي النيل.

بعد ساعة من المشي رأى نعيم على بعد خطوات مبنىً عرفه من شكله الهرمي الذي أصبح مألوفاً له الآن، فقرّر دخوله وضرب عصفورين بحجر واحد، فمنها يتناول الإفطار وفي الوقت نفسه يستطيع الدخول على بريده الإلكتروني.

تذكّر نعيم تعليق السائق على كون مقهى الهرم الذهبي مشهوراً بقهوته اللذيذة، وسرعة الإنترنت الفائقة. لمس ذلك وهو يحتسي القهوة ويدخل على موقع بريده الإلكتروني؛ فما أن ينقر على أزرار لتغيير الصفحة حتى يجد الصفحة التي يقصدها قد ظهرت دون أدنى انتظار مما مكّنه من تصفح بريده والرد عليه في سرعة قياسية. بعدها وجد نعيم أنه لا زال لديه متسع من الوقت لتصفح بعض المواقع؛ فقرّر الدخول على بعض مواقع الصحف والساحات السياسية، ثم تذكّر بريده السري الذي يستخدمه فقط للتسجيل في تلك المواقع فقرّر الدخول عليه.

لم يتذكّر نعيم متى آخر مرة جاءته رسالة على بريده السري الخاص بالساحات. كل ما يتذكّره بعض الدعاية وطلبات الاشتراك التي تبعث على جميع العناوين لالتقاط الزبائن. ولكنه لا يتذكّر مجيء رسالة معنونة إليه على هذا الموقع بالتحديد؛ فلا أحد غيره يعلم بامتلاكه لذلك العنوان؛ فهو لم يفضِ به لأي أحد. لذلك كانت دهشته كبيرة عندما وجد عليه رسالة موجهة إليه بالاسم. وكانت دهشته أكبر عندما قرأ نص الرسالة وبلغت الدهشة ذروتها عندما قرأ اسم المرسل:

عزيزي نعيم

لقد سعدت بلقائك البارحة؛ فقد كانت أمسية جميلة قضيتها في حوار معك لا يمل.

لا أدري إن كنا سنلتقي مجدداً أم لا، فهناك الكثير من المواضيع التي كنت أودّ التحدث فيها معك؛ ولكن يبدو أنه لا نصيب لي في ذلك.

في الختام أقرأك السلام

تحياتي إلى طلعت أحمد نجاتي

ورحم الله جدك خليل 256 - 114/2

عبد القادر بنوزّاني 8 - 114/2

9

عام 1908

قضى خليل الوزان الساعات المتبقية من الليل وهو في حيرة من أمره لا يجد تفسيراً لما جرى؛ أصوات خافتة أيقظته من النوم أدّى تتبعها إلى باب مخفي في حائط مكتبة قصر الضيافة الذي حاول فتحه ولكن دون جدوى. وما زاد من حيرته هو اختفاء تلك الأصوات التي سمعها؛ حيث لم تتجدّد كما لو أنها لم تكن. هل كان ذلك أحد حراس القصر يتفقّد المكان؟ أو أحد المقيمين من باقي مجلس المبعوثان جعله الأرق يجوب طرقات القصر ويتفقّد قاعاته الشاغرة في ظل سكون الليل؟ هل كانت الأصوات التي سمعها تتّجه نحو ذلك الباب السرّي؟ أسئلة ظلت تراوده دون أن يجد لها إجابة تقنعه. عندها قرّر خليل أن يقوم بعمل جريء فلعله يلقي ببعض الضوء عما حدث. قرّر أن لا يذهب إلى جناحه الخاص ويبقى في المكتبة ممسكاً بأحد الكتب؛ وكأنه قرّر أن يقضي باقي الليل في القراءة فيرى إن كان ذلك الباب سيفتح أو لا. من يدري ربما تلك الأصوات التي سمعها كانت لشخص قد استخدم ذلك الباب للذهاب لمكان ما وقد يستخدمه مجدداً للرجوع عبره. اتخذ خليل القرار وجلس على أريكة في أحد الزوايا ممسكاً بكتاب وقد أشعل مصباحاً مجاوراً.

مضت ساعات الليل ودخل ضوء الشمس عبر نوافذ المكتبة الفارهة؛ ولم يفتح الباب السرّي طوال ذلك الوقت، وكانت أصوات الخدم قد بدأت تملأ القصر منبهة خليل أنه لا فائدة من الانتظار أكثر

من ذلك؛ فلن يفتح الباب بعد أن استيقظ الجميع.

* * *

كان يوم خليل الوزان حافلاً بعدة لقاءات؛ أهمها مع السلطان عبد الحميد الثاني بعد صلاة الظهر للسلام عليه ضمن باقي أعضاء مجلس المبعوثان. لم يلتقِ خليل من قبل مع السلطان؛ ولكنه سمع الكثير عنه من كاظم باشا والي المدينة المنورة والذي كان مقرباً من السلطان عبد الحميد الثاني. كان كاظم باشا يكنّ الكثير من الاحترام لخليل الوزان ويستمتع بالتسامر معه. كان دوماً ما يحكي له عن أحوال عاصمة الخلافة وفساد من تولوا مناصب الصدارة العظمى؛ في مقابل ورع السلطان عبد الحميد الذي، على حدّ قوله، كان يحاول إنقاذ ما يمكن إنقاذه من الدولة في ظل الفساد والمؤامرات المحيطة به. كان كاظم باشا دائم الشكوى من حركة الاتحاد والترقي التي سيطرت على الجيش وأرغمته على الاستقالة بعد أن كان برتبة مشير، وأبعدته عن مراكز السلطة في العاصمة؛ وذلك لولائه للسلطان الذي أخذ نفوذه يضعف. كان انحياز كاظم باشا للسلطان وكرهه للاتحاد والترقي واضحاً إلى درجة المبالغة؛ حتى أنه احتدم النقاش، أكثر من مرة، بينه وبين خليل، عندما حاول الأخير أن يكون أكثر موضوعية في التحدث عن السلطان وحركة الاتحاد والترقي التي كانت تحاول هي الأخرى، على حدّ قوله، إصلاح البلاد؛ ولكن عن طريق تقليص هيمنة السلطان، وإحداث حياة نيابية تتشارك فيها الأقاليم في صنع القرار. كان خليل دائماً ما يهدئ من غضب كاظم باشا مقدّراً له وفاءه الشديد للسلطان.

* * *

لم يرَ خليل الوزان في حياته قصراً أروع أو أجمل من قصر الدولمة بهجة؛ الذي يقطن فيه سلاطين بني عثمان منذ بنائه في

منتصف القرن التاسع عشر في عهد السلطان عبد المجيد. كان القصر يقع في قلب إستانبول، مطلاً على ضفاف مضيق البوسفور. من يرى عظمة وشموخ الدولمة بهجة، والتي تعني الحديقة الغنّاء بالتركية، لا يقول إنها مركز عاصمة دولة تنهار ويتكالب عليها الأعداء كتكالب الأكلة على قصعتها. بدت علامات الانبهار على خليل وجميع أعضاء مجلس المبعوثان؛ وهم يدخلون القصر من بوابته الشامخة لمقابلة السلطان عبد الحميد.

لم يطل اللقاء مع السلطان، فبعد المصافحة ألقى على الحضور كلمة قصيرة حثّهم على مراعاة الله في عملهم والحرص على العمل من أجل رفعة البلاد ووحدتها، ثم دعاهم إلى وليمة غداء تكفي لسدّ حاجة سكان المدينة المنورة والقرى المجاورة بأكملها. وفي طريقه إلى قاعة الطعام، مرّ بجانب خليل شيخ يبدو عليه الوقار؛ في العقد السادس من عمره، ضمّ كفه بكف خليل الذي تعرّف إليه على الفور.

- "شيخ أبو بكر، ما هذه المصادفة الجميلة!" قال خليل ببهجة واضحة.

- "كيف حالك يا خليل؟ ما هذه الغيبة يا رجل، ألم تعدني في آخر لقاء لنا، عندما زرتك في المدينة المنورة، بأنك سترد لي الزيارة في القدس؟" قال الشيخ أبو بكر الحسيني معاتباً عتاب المحب لخليل الذي التقاه آخر مرة منذ سنتين؛ عندما زار المدينة بعد أدائه للحج.

- "اشتقت إليك يا شيخنا ولأحاديثك الممتعة".

علم خليل من الشيخ أبو بكر الحسيني أنه هو الآخر في مجلس المبعوثان؛ مبعوثاً من القدس، وأنه يسكن في بيت أخيه الذي يعمل مدرِّساً للشريعة الإسلامية في كلية الحقوق. كما علم منه عن أنباء تخصّ القدس وباقي فلسطين أثارت قلقه.

- "ولكن هل هذه الهجرة منظّمة أو أنها من قبيل المصادفة؟"

سأل خليل.

- "خليل يا ولدي، الحياة علمتني أن الصدف هي تبرير الجاهل لما لا يفقه. اليهود يأتون بأموال وينفقونها إنفاق من لا يخشى الفقر. يشترون الأراضي بأضعاف ثمنها يثيرون بها لعاب البسطاء. بعض الأعيان لا يبدون أي تخوف منهم لقلة عددهم مقارنة مع المسلمين؛ ولكن..." ثم صمت الشيخ أبو بكر.

- "ولكن ماذا؟"

- "خليل... هل سمعت عن شخص يدعى تيودور هرتزل؟"

- "لا.. لا أظنني سمعت بهذا الاسم من قبل".

- "مع الأسف، الكثيرون لم يسمعوا بهذا الرجل؛ مع أنه يلعب دوراً خطيراً جداً؛ أخشى على بلادنا من آثاره المدمرة".

- "أقلقتني، من هو ذا تيودور هرتزل؟"

- "إنه رئيس الوكالة اليهودية الصهيونية".

- "الوكالة اليهودية الصهيونية!" ردّد خليل متعجباً.

- "نعم.. هذه مؤسسة أنشأها هرتزل منذ عدة سنين هدفها إيجاد موطن لليهود يتجمّعون فيه. وقد جاءتني أنباء؛ أنه قد قابل السلطان عبد الحميد وطلب منه أن يشتري أرض فلسطين لإقامة وطناً لليهود عليها".

- "ماذا!" صرخ خليل ملفتاً أنظار بعض الحضور من حوله.

- "اهدأ خليل.. فقد رفض السلطان عرض هرتزل وطرده من قصره".

- "الحمد لله" ردّد خليل الذي ارتاح لسماع هذا الخبر.

- "ولكن الأمر لم ينتهِ بعد... هذه كانت فقط البداية".

* * *

في نفس الأثناء؛ في جانب آخر من قصر الدولمة بهجة؛ كان رجلان يتحدثان بعد أن اطمأنا أنهما ابتعدا عن الأنظار.

- "مبارك عليك مجلس المبعوثان، لقد قمنا بجهد كبير حتى نوصلك إلى هذا الموقع".

- "ولكن وجود خليل الوزان لم يكن ضمن المخطط. أما كان باستطاعتكم فعل شيء؟"

- "لا... لقد لاقى دعماً كبيراً من أهالي المدينة، ومن كاظم باشا الذي ظننا أننا تخلّصنا من سخافته بإبعاده إلى المدينة؛ ولكن يبدو أننا أسأنا التقدير. كان يجب إقصائه تماماً".

- "وما كان بوسعه أن يفعل إذا أتيتم بغير الوزان؟ لقد أقمتم له حساباً أكثر مما ينبغي".

- "احفظ رأيك لنفسك ولا تنسَ موضعك! من أنت حتى تحاسبنا وتقرّر ما كان يجب أن نفعل! تذكّر، نحن الذين زيّفنا نسب أسرتك إلى آل البيت، ونحن من أتينا بك إلى هنا بالرغم من معارضة أغلب أعيان وأشراف مكة".

- "آسف... لم..." قال الرجل وقد شعر أنه تجاوز حدوده.

- "ومع ذلك لا بد أن تفهم أن السياسة هي فن الممكن. ولا بأس من خسارة معركة من أجل كسب الحرب. لو أننا أقصينا خليل الوزان، وبالذات بعد أن أتينا بك أنت، لكان ذلك أثار كاظم باشا؛ ولا أستبعد حينها أن يوصل الأمر إلى عبد الحميد الثاني. وأنت تعرف أن عبد الحميد الثاني ليس بالأبله، ولربما لفت ذلك الأمر انتباهه إلى ما نخطِّط له... نحن الآن قد اقتربنا من الهدف الذي عملنا من أجله قرون، وأصبحت لحظة الحسم وشيكة جداً. أفهمت؟"

- "نعم... فهمت" قال الرجل وقد تصبّب عرقاً.

10

ما زاد من حيرة نعيم الوزان بعد قراءته الرسالة المبعوثة له من قبل الدكتور عبد القادر؛ هو عنوان البريد الإلكتروني الذي بعثت عليه الرسالة. فهذا العنوان لا يعرفه أحد سواه، ولا يستخدمه إلا للتسجيل في مواقع الساحات. فكيف عرف الدكتور عبد القادر هذا البريد الإلكتروني الخاص؟

ثم قرأ نعيم التاريخ الذي بعثت فيه الرسالة؛ فوجدها قد بعثت في اليوم التالي من آخر لقاء له مع الدكتور عبد القادر.

استمرت التساؤلات؛ الواحدة تلو الأخرى تتهافت على ذهن نعيم؛ وما أن يشرع في الإجابة عن واحدة منها حتى يتسارع آخر إلى ذهنه. ولكن التساؤلات التي فرضت نفسها أكثر من غيرها هي: من هو طلعت أحمد نجاتي؟ وما سرّ الترحم على جده خليل؟ وما هذه الأرقام التي تبعت اسم جده واسم الدكتور عبد القادر؟

بعد تفكير طويل قرّر نعيم أن خير ما يفعله هو أن يجد طلعت أحمد نجاتي الذي طلب منه الدكتور عبد القادر السلام عليه؛ لعله يلقي بعض الضوء على مغزى الرسالة. "ولكن كيف السبيل إلى إيجاد ذلك الشخص؟ أين يسكن؟ هل هو من أهل الرباط؟ أو يسكن مدينة أخرى في المغرب؟ ربما لا يسكن المغرب، فالاسم يغلب عليه الطابع المصري. أيعقل أن يكون ذلك الشخص في مصر بالرغم من أن الرسالة قد بعثت عندما كنت بالمغرب؟" استمرت الاستفهامات تنهمر الواحدة تلو الأخرى؛ حتى قرّر نعيم على الخطوة الأولى ليضع نهاية لسيل الاستفهامات، فأخذ جواله ودق على رقم مدير

مكتبه مصطفى نديم.

- "صباح الخير يا مصطفى.. كيف حال الأمور في الرياض؟"

- "صباح الخير أبو عبد الله، أبشرك؛ الأمور على أحسن ما يرام".

- "مصطفى، أريد منك أن تبحث لي عن رقم هاتف وعنوان رجل يدعى طلعت أحمد نجاتي. ستجده إما في المغرب أو في مصر أو ربما في السعودية، لست متأكداً" قال نعيم لمصطفى الذي يجيد فن البحث عن أي معلومة على وجه الأرض باستخدام أكبر مكتبة عرفها العالم؛ الإنترنت.

- "أمرك أبو عبد الله، ولكن من هو هذا الشخص؟"

- "سأخبرك لاحقاً. ولكني أريد المعلومات في أقرب وقت".

- "لا عليك، إن شاء الله ستكون عندك بعد انتهائك من الاجتماع مع فؤاد شوكت...لا تنسَ يا أبو عبد الله؛ سيكون الاجتماع في قصره بمصر الجديدة. لقد أرسلت لك العنوان البارحة".

- "نعم وصلني، شكراً" ردّ نعيم.

- "أية أوامر أخرى؟"

- "تسلم شكراً، ربما لاحقاً بعد أن تأتي لي بما طلبت بخصوص طلعت أحمد نجاتي".

- "إن شاء الله ستكون عندك اليوم... وبالمناسبة بلِّغ سلامي لسوزي" قال مصطفى وقد أطلق ضحكة خبيثة.

- "سوزي.. مَن سوزي؟" سأل نعيم متعجباً.

- "ستعرف قريباً" قال مصطفى بنبرة مشاغبة فهمها نعيم الذي دعا سراً لمصطفى بالهداية.

11

دخلت السيارة التي تقلّ نعيم الوزان من بوابة الحديقة؛ وسارت نحو مائتي متر قبل أن تقف قرب باب القصر. كان القصر مبنياً على الطراز الهندي مع بعض اللمسات الأوروبية؛ ذكره إلى حدٍّ كبير بقصر البارون الشهير؛ في مصر الجديدة. لم تكن الحديقة بأقل روعة من القصر؛ ولا سيما نوافير الماء، والزرع والنخيل الذي انتظم في أشكال هندسية فائقة الجمال. لقد رأى نعيم قصوراً كثيرة قد تكون أكثر فخامة وكلفة، ولكنه لم يرَ واحداً يفوق قصر فؤاد شوكت في تناسقه وذوقه الرفيع؛ والذي أعجب به نعيم أشد الإعجاب.

ما أن توقفت السيارة وخرج منها نعيم حتى فتح الباب الرئيس للقصر، وخرجت منه امرأة ثلاثينية جميلة المطلع، ترتدي جيبة سوداء تصل إلى الركبة، يعلوه قميص أبيض رسمي يغطّي جسداً نحيفاً. أدرك نعيم بفطنته أنها غالباً ما تكون هي سوزي التي ذكرها مدير مكتبه مصطفى.

- "أهلاً وسهلاً نعيم بيه، أعرّفك بنفسي؛ أنا..".

- "سوزي" قال نعيم مقاطعاً المرأة التي بدت عليها شيء من الدهشة لمعرفة نعيم اسمها.

- "نعم.. أنا آسفة؛ هل سبق أن التقينا؟" سألت باندهاش.

- "لا.. لم نلتقِ؛ ولكني سمعت عنك من مدير مكتبي".

- "مصطفى" قالت سوزي بابتسامة، بعد أن فهمت سر معرفة نعيم لها وهما لم يلتقيا من قبل.

- "يبدو أنكما تعرفا بعض" قال نعيم.

– "لقد سبق أن التقينا في دبي في مؤتمر القيادة. تعرّفت إليه عن طريق صديق مشترك. لم ألتقِ به سوى تلك المرة في دبي، ثم تجدّدت المعرفة عندما كنا نرتّب للقائك مع فؤاد بيه. أنا بالمناسبة المساعدة التنفيذية لفؤاد بيه، هو الآن في انتظارك على البيسين" قالت سوزي بدران؛ ثم استدارت لترشد الطريق عبر ردهة القصر، آخذة إياه إلى قاعة مطلّة على حمام السباحة وقد فتحت أبوابها ليخرجا إلى الحديقة الخلفية التي لا تقلّ روعة عن مثيلتها الأمامية.

كان في الانتظار رجل في عقده الخامس ذو مظهر أرستقراطي متوسط القامة، أنيق الملبس.

– "أهلاً وسهلاً نعيم بيه. شرّفت بيتي المتواضع" قال الرجل محيياً نعيم.

– "السلام عليكم سيد فؤاد" ردّ عليه نعيم مصافحاً.

أشار فؤاد إلى نعيم وسوزي بالجلوس، ثم أمعن النظر في نعيم.

– "أنت أصغر مما كنت أتوقع. حسبت أني سألتقي رجلاً عجوزاً مثلي" قال فؤاد بابتسامة ملاطفاً نعيم.

– "ما شاء الله عليك، لو أنك عجوز فلا أدري من يكون الشباب!" قال نعيم راداً الابتسامة والملاطفة لفؤاد الذي سُرَّ من تلك المجاملة.

– "بالمناسبة.. قالت لي سوزي إن صديقاً لك قد توفي في المغرب عندما استفسرت عن سبب تأجيل موعدنا السابق، البقية في حياتك".

– "شكراً لك، لقد كان أكثر من مجرد صديق، فكان أيضاً أستاذي؛ لذلك لم أستطع أن أترك المغرب قبل أن أحضر الدفن والعزاء". صمت نعيم قليلاً ثم أضاف: "رحمة الله عليه؛ كان من الشخصيات الثقافية المرموقة في العالم العربي.. أظنك سمعت به..

الدكتور عبد القادر بنوزّاني".

هزّ فؤاد رأسه بالنفي.

- "لا، مع الأسف لم أسمع به... ولكني أقدر وفاءك له، فأنا أقدر الرجل الوفي. هذه خصلة نادرة هذه الأيام... بالمناسبة؛ لقد سمعت عن لقائق مع العلوي بن شقرون، وأنك قد أقنعته بتأييدك أنت وباقي الشركاء السعوديين في السيطرة على مجلس الإدارة وانتخاب الشيخ علي السليمان رئيساً. أصدقك القول؛ أنا لست موافقاً على ما تحاولون فعله. مع احترامي الشديد لكم وللشيخ علي السليمان؛ ولكن كمال أغلو هو الأنسب لإدارة الشركة، فهو أكثرنا خبرة في مجال الاتصالات؛ وزيادة على ذلك لا تنسَ علاقاته مع العديد من شركات الاتصالات في أوروبا؛ مما يجعلنا أكثر قدرة على التنافس في سوق ليس بالسهل كسوق الاتصالات في السعودية" قال فؤاد مبتدئاً النقاش الذي أتى من أجله نعيم.

- "مع تقديري لرأيك ولكن للموضوع جانباً آخراً، أنت تعلم مدى مكانة الشيخ علي السليمان كأحد أكبر رجال الأعمال في السعودية والعالم العربي. خبرته في تأسيس وإدارة الشركات الناجحة معروفة لدى الجميع. بدونه لما كان للتكتل من وجود في ظل منافسة شديدة جداً. وتذكّر أننا بحاجة لرجل بمكانته على رأس شركتنا في السعودية" ردّ نعيم بعد أن باغته فؤاد ببدئه للحوار.

- "نعيم بيه، حضرتك على حق في ما قلت" تدخّلت سوزي لإنقاذ موقف رئيسها "ولكن تذكّر أننا بحاجة أيضاً لإمكانيات كمال أغلو، وهذا لا يعني أنه سيستمر في الإدارة إلى الأبد؛ ولكن على الأقل في البداية وفي الأثناء ستكتسبون الخبرة اللازمة في مجال الاتصالات والتي ستؤهلكم للإدارة فيما بعد".

أدرك نعيم أن سوزي قد أعادت بمهارة دفّة الحوار لصالح فؤاد

شوكت. بل ما أزعجه أكثر هو أنه على غير ما يفضّل قد فقد السيطرة على طريقة سير الحوار؛ فكان لا بد له أن يجد مخرجاً لكسب ثقة وود جليسه من أجل تسهيل مهمته.

نظر نعيم حوله سائلاً نفسه "ماذا يا ترى من الممكن أن يكون مدخلاً لذلك الرجل؟" وفي ومضة من التجلي أتته كالبرق شعر أنه وجد الإجابة.

– "سيد فؤاد، عفواً لتغيير الموضوع، ولكن هناك أمراً ما يثير فضولي وأودّ الاستفسار عنه". هكذا دون سابق إنذار بدأ نعيم يغيّر موضوع الحديث دون أن يعطي فرصة لسوزي بدران أو لفؤاد شوكت فرصة للاعتراض. "هل استوحيت تصميم قصرك من قصر البارون إدوارد إمبان؟" رمى نعيم الطعم أملاً أن يتلقّفه فؤاد شوكت.

– "عفواً نعيم بيه؛ لو نرجع لموضوعنا..." بدأت سوزي؛ ولكن سرعان ما قاطعها فؤاد.

– "هذه ملاحظة في محلها تماماً، ولكن ما أدراك بقصر البارون وباسم بانيه؟" سأل فؤاد باستعجاب.

– "أنا أهوى المعمار، وبالأخص القديم منه وما يتصل به من تاريخ؛ والبارون إمبان له تاريخ حافل في مصر؛ يكفيه أنه هو المخطط لضاحية مصر الجديدة التي نحن فيها الآن، والتي يوجد فيها قصره الجميل، والذي لم يجد، مع الأسف، سوى الإهمال بعد وفاته" قال نعيم وقد أدرك أن طعمه قد أتى بؤكله.

– "لقد أدهشتني يا نعيم. أنت أول شخص منذ زمن يبدي هذه الملاحظة الذكية، بل أنت أول شخص يذكر حتى اسم البارون الذي عشق مصر أكثر من أي مكان آخر في العالم وهو غير مصري" قال فؤاد مندهشاً من نعيم السعودي الذي يعرف تفاصيل قلما يعرفها الكثير من المصريين وغير المصريين.

- "هو بلجيكي الأصل؛ عاش فترة من حياته في الهند قبل أن يسكن مصر، ومن هنا تأثّر بالمعمار الهندي الذي يتّصف به قصره" أضاف نعيم ثم أكمل: "ولو لم تخنّي الذاكرة؛ فقد دفن البارون إمبان هنا في مصر الجديدة".

- "نعم هذا صحيح في كنيسة البازليك".

وهكذا اتخذ الحديث مساراً أخراً كما أراد نعيم؛ وتحدثا عن المعمار وفنونه أثناء تجوالهما حول القصر وداخله؛ حيث استعرض فؤاد أوجه الشبه والخلاف بين قصره وقصر البارون. وفي الأثناء كانت سوزي بدران في عجابة من أمر نعيم الوزان الذي استطاع أن يكسب مودة رئيسها دون أدنى عناء، وانقلب اجتماع العمل إلى زيارة ودية.

- "فؤاد بيه، أنا آسفة للمقاطعة؛ ولكن أنا واثقة أن نعيم بيه يودّ أن ينهي موضوع مجلس الإدارة..." حاولت مرة أخرى سوزي أن تعيد دفّة الحوار، وقد وجدت أن موضوع العمل قد نسي.

- "نعم صحيح.. شكراً سوزي" قال فؤاد مقاطعاً، ثم التفت لنعيم "نعيم، أقدِّر لك مجيئك إلى هنا... دعني أكلم كمال أغلو الليلة ثم أردّ عليك غداً. أعدك أني سأحاول أن أصل إلى اتفاق يرضي جميع الأطراف؛ ولكن بشرط أن تشرّفني مساء الغد لكي نتناول العشاء على يختي، ولن أقبل التنازل عن ذلك الشرط".

- "لا بأس؛ ولكن كيف أصل إلى اليخت؟"

- "لا تحمل همّ؛ سوزي ستمرّ عليك في الفندق بسيارتها" قال فؤاد موجهاً الكلام لنعيم ولسوزي التي ابتسمت ابتسامة صفراء نحو نعيم الوزان، والذي بدت تشعر تجاهه بعدم الراحة. "على آخر الزمن أصبحت سائقة خاصة لرجل أعمال سعودي!"

* * *

تذكّر نعيم أثناء ذهابه إلى الفندق الأمر الذي طلب من مصطفى نديم، مدير مكتبه، أن ينجزه فأخذ جواله وبدأ الاتصال.

- "سلام عليكم أبو عبد الله، أتيت لك بطلبك".

- "ممتاز يا مصطفى؛ كنت واثقاً من ذلك".

- "ولكنك لم تخبرني بأنك تنوي إجراء مقابلة صحفية، كان باستطاعتي ترتيب مؤتمر صحفي دون أن تكلّف نفسك عناء البحث عن صحفي محدّد".

- "عفواً مصطفى؛ لا أفهم ماذا تقصد" قال نعيم باستغراب.

- "طلعت أحمد نجاتي الذي طلبت مني أن آتي لك بهاتفه؛ إنه صحفي يعمل في جريدة الأحداث، ألا تريده من أجل أن يجري معك مقابلة صحفية على سبيل الدعاية لمشروع الاتصالات؟"

- "لا... لا أريده من أجل حوار... بل من أجل موضوع آخر تماماً ليس له علاقة بالعمل".

- "عفواً أبو عبد الله... على العموم تفضّل رقم جواله".

سجّل نعيم رقم الجوال، وسرعان ما بدأ بالاتصال. رنّ الجرس عدة مرات ثم كان الرد.

- "ألو".

- "السلام عليكم.. أستاذ طلعت نجاتي؟"سأل نعيم متمنياً أن يكون هو الشخص المقصود في رسالة الدكتور عبد القادر.

- "نعم.. أي خدمة؟"

- "اسمي نعيم عبد الله الوزان.. لا أظنك تعرفني، ولكن يبدو أنه بيننا صديق مشترك وقد طلب مني أن أبلغك سلامه".

- "أهلا بك وبه؛ ولكن من هو ذلك الصديق؟"

- "الدكتور عبد القادر بنوزّاني".

– "الدكتور عبد القادر بنوزّاني" ردّد طلعت باستعجاب ثم أكمل "أتقصد عالم التاريخ الذي تناقلت الصحف خبر وفاته منذ بضعة أيام؟"

– "نعم، هو بعينه. كنت في الرباط عندما توفى وقد التقيته قبلها بيومين، ولكنه في اليوم التالي قبيل وفاته قد أرسل إلي برسالة طلب فيها أن أبعث إليك تحياته".

– "عفواً، لكني لا أدري عن ماذا تتحدث؛ فأنا لا تربطني صداقة بالرجل. ربما تقصد شخصاً آخراً" قال طلعت بدهشة كانت واضحة على نبرات صوته.

– "ألست أنت طلعت أحمد نجاتي؟" سأل نعيم.

– "نعم هو أنا".

– "إذاً أغلب الظن أنت المقصود" قال نعيم مؤكداً، ثم أكمل "لماذا لا نلتقي غداً؟ فيبدو أن الأمر أعقد بكثير مما كنت أتصوّر!"

12

عام 1908

كان حديث الشيخ أبو بكر الحسيني لخليل الوزان بمثابة الماء البارد الذي سكب على رأسه ليفيقه إلى ما يحدث من حوله في بقاع الدولة؛ وبالأخص في فلسطين. لم يكن خليل على دراية بكل ما كان يدور من تخطيطات بعض الجماعات اليهودية المسماة بالحركة الصهيونية، ولم يسمع قط بالمدعو تيودور هرتزل؛ وفي ذلك مثله كمثل الكثير من باقي رعايا الدولة. وما أدهش خليل؛ أنه على الرغم من تعامله مع الكثير من تجار اليهود في اليمن والعراق ومصر وحتى في إستانبول، إلا أنه لم يسمع أحداً منهم قط يتحدث عن الذهاب إلى فلسطين والإقامة فيها أو اتخاذها موطناً، فما الذي جدَّ في الموضوع ؟ لو لم يكن على ثقة بحكمة ورجاحة عقل الشيخ أبو بكر الحسيني؛ لقال إنه عجوز يبالغ، ولكن الشيخ أبو بكر لا يقول إلا ما هو واثق منه. هل هناك مؤامرة تحاك من قبل بعض اليهود لاستنزاع فلسطين من المسلمين؟ أهي حملة صليبية جديدة ولكن سلاحها وعتادها هذه المرة المال والخديعة؟ كان يبدو على الشيخ أبو بكر أن لا زال عنده ما يريد الإفصاح عنه، ولكن الوقت لم يكن مناسباً، هكذا شعر خليل فلم يلحّ عليه بالكثير من الأسئلة. "هذا عنوان دار أخي.. مرن غداً بعد العصر فالحديث معك لا يمل" هكذا انتهى الحوار بينهما في قصر السلطان بعد فروغ الحفل.

ذهب خليل إلى عربته التي كانت في انتظاره في الخارج لتقلّه إلى قصر الضيافة؛ حتى يستعد لحفل العشاء المقام في قصر طلعت

باشا. "الولائم تبدو أنها لا تنقطع في هذه المدينة!"

- "عفواً خليل أفندي؛ هل بإمكان يوري بك كوهين أن يركب معكم إلى قصر الضيافة، فلسبب ما قد اختفى سائق عربته ؟" سأل مصطفى السالوني، محاولاً إنقاذ الموقف المحرج الذي وضع فيه المبعوث عن ولاية أنتالية.

- "لا مانع على الإطلاق" قال خليل مرحباً بزميله، في مجلس المبعوثان، الذي قدَّر لنعيم رحابة صدره فصعد العربة قبل أن تنطلق.

- "أشكرك على السماح لي بصحبتك إلى قصر الضيافة" قال يوري بك مبدياً امتنانه.

- "لا داعي للشكر فهذه أبسط واجبات الزمالة؛ والعربة - كما ترى - تتّسع لعدة أشخاص".

كان خليل في غاية اللطف مع يوري بك كوهين، وفي الوقت نفسه استعجب من هذه المصادفة التي جعلته يتقاسم الطريق مع يهودي، وقد سمع للتو عن محاولة بعض اليهود الاستحواذ على فلسطين. شعر خليل برغبة تلحّ عليه ليسأل يوري بك إن كان على دراية بالحركة الصهيونية، أو إن كان سمع بهرتزل؛ ولكنه امتنع، "هل سيخبرني أنه متواطئ مع تلك الجماعة إن كان كذلك".

- "كيف وجدت اللقاء مع السلطان عبد الحميد الثاني؟" سأل يوري بك فجأة.

- "لا بأس به، ولو أنه بدا لي كما لو كان السلطان مهموماً".

- "لا بد له أن يكون مهموماً؛ فالبلاد كانت على حافة الانهيار، لولا تدخل حركة الاتحاد والترقي" ردّ يوري بك بشكل مباشر أدهش خليل.

- "ولكن لا تنسَ أن السلطان قد ورث وضعاً صعباً؛ وأرى أنه يحاول الإصلاح بقدر المستطاع، ونحن في المدينة المنورة بدأنا

نتلمّس هذا من خلال بعض الأعمال: كقطار الحجاز، وبعض المدارس التي افتتحت حديثاً، وها هي الولايات تشارك في صنع القرار من خلال مجلس المبعوثان الذي أقرّ في عهده".

- "تقصد الذي أقرّ في عهد حركة الاتحاد والترقي على مضض منه. أنتم أهل الحجاز متعاطفون معه لتوجهه الإسلامي ومناداته بالجامعة الإسلامية لربط مسلمي العالم بالخلافة. صدقني يا خليل أفندي هذه مجرد شعارات مفلس يريد توطيد حكمه لا أكثر".

- "يبدو أنك من أنصار الاتحاد والترقي".

- "أنا ومعظم المبعوثين؛ حتى زميلك الشريف يوسف" أضاف يوري بك ثم صمت ليعطي خليل - الذي بدأ يشعر أن غياب سائق يوري بك ربما لم يكن بالمصادفة - فرصة هضم تلك المعلومة الأخيرة بخصوص المبعوث الثاني عن منطقة الحجاز.

- "يوري بك، هل ترى أن الوقت مناسباً من أجل فرض التغييرات السياسية على السلطان وبث عدم الاستقرار؛ والدولة محاطة بأخطار مطامع بعض الدول كروسيا وبريطانيا؟ ألا ترى كيف بدأت الولايات الأوروبية تنتزع الواحدة تلو الأخرى من الدولة، وكذلك بعض ولايات وسط آسيا؟ بل إني سمعت أن هناك أطماع من البعض في تفتيت الدولة وانتزاع فلسطين". أضاف خليل "فلسطين" في آخر الجملة ليرى وقعها على يوري بك الذي بدأ يشعر أن خليل ليس بالفريسة السهلة.

- "ومَن قال إن الإصلاح لن ينقذ الدولة أو سيهدّد استقرارها؟! بل العكس هو الصحيح؛ ثم خليل أفندي أريدك أن تطمئن إلى أن الاتحاد والترقي لن يقبل بتفتيت الدولة".

وهكذا استمر الحديث بين يوري وخليل متطرقاً إلى جوانب مختلفة من شؤون الدولة حتى اقتربت العربة من القصر. حينها فاجأ

يوري خليل بملاحظة غيّرت مجرى الحوار الدائر بينهما.

- "أتعلم أن الذي أسس هذا القصر هو نفسه أحد مؤسسي حركة الاتحاد والترقي؟"

- "لا، لم أكن أعلم. من تقصد؟" سأل خليل.

- "أقصد طلعت باشا".

- "طلعت باشا الذي دعانا الليلة؟"

- "نعم هو، لقد أشرف بنفسه على بناء قصر الضيافة. لذلك ستجد شبهاً كبيراً بينه وبين قصره الذي سنذهب إليه الليلة".

لم يدرك خليل في حينها أن ملاحظة يوري هذه ستكون لها أهميتها؛ ولكن فيما بعد.

13

استغرب طلعت من تلك المكالمة التي تلقّاها البارحة من رجل لا يعرفه يبلغه سلام رجل لم يلتقِ به من قبل؛ ولكنه شعر أن في نبرة صوت ذلك الرجل، الذي عرّف نفسه بنعيم الوزان، مصداقية جعلته يقبل دعوته اليوم بعد صلاة الجمعة في الفندق الذي يسكنه. شعر طلعت بحسه الصحفي، الذي لم يخيبه قط، أن هنالك أمراً ما غريب سيكتشفه عند ملاقاته رجل الأعمال السعودي. لعل ذلك ينسيه أحداث مدينة تورنتو الكندية التي عاد منها قبل أمس. فوفاة موشي غولد منتحراً بعد يوم واحد من لقائهما، والحديث الذي دار بينهما بخصوص جد وزير خارجية إسرائيل كان صدمة لم يتوقّع حدوثها. لم يفهم ما الذي يجعل صحفياً ناجحاً محباً للحياة، كموشي، يقدم على مثل هذا الفعل؛ وخصوصاً أنه كان في صدد سبق صحفي يضاف إلى رصيده الحافل بالسوابق الصحفية. "يبدو أن موشي لم يكن سعيداً كما حاول الإظهار أمام الناس"... "زوجته تركته وهربت مع رجل آخر"... "لم يستطع تحمُّل الصدمة". كل هذه الأقاويل سمعها طلعت من بعض زملاء موشي بعد وفاته. قيل لطلعت إن الشرطة اكتشفت خطاب من زوجة موشي تخبره بأنها ستهجره لكي تعيش مع من تعشق دون أن تذكر اسم ذلك العشيق؛ ويبدو أن زوجة موشي قد غادرت البلاد؛ فالشرطة لم تعثر لها على أثر... "ما كان موشي يستحق هذه المعاملة من زوجته". هكذا شعر طلعت... "ولكن هذا حال الدنيا. ما كل ما يشتهيه المرء يدركه؛ وما كل ما يستحقه يناله". أفكار كثيرة ظلت تراود طلعت أثناء سيره من المسجد بعد صلاة الجمعة عبر الشارع الفرعي المؤدّي إلى العمارة التي يسكنها بحي

المهندسين. لم ينقطع سيل الأفكار حتى دخل شقته ووجد زوجته في استقباله بعد فروغها من الصلاة.

- "تقبّل الله".

- "منا ومنكم".

- "ماذا قرّرت؟ هل ستذهب إلى ذلك الرجل.. نسيت اسمه... في الفندق؟"

- "اسمه نعيم الوزان.. نعم قرّرت أن أقابله وأرى ماذا يريد... هل لديك رأي آخر؟" سأل طلعت زوجته سلوى.

- "لا، بل أوافقك الرأي؛ ولو أن حكاية الدكتور عبد القادر هذه غريبة. كيف يرفض الرجل مقابلتك أثناء حياته ثم يبعث إليك بالسلام قبيل وفاته؟" سألت سلوى باستغراب واضح دون حاجة لانتظار الجواب.

- "لا أدري... هذا ما يحيّرني".

* * *

جلس نعيم في بهو الفندق في انتظار طلعت أحمد نجاتي، ذلك الرجل الذي لم يسمع به سوى من تلك الرسالة الغريبة التي تلقّاها من الدكتور عبد القادر. راود نعيم هاجس أن يكون هذا الشخص ليس هو المقصود بالسلام، وربما يكون المقصود شخصاً آخر يدعى طلعت أحمد نجاتي؛ ولكن مصطفى لم يأتِ له إلا بهذا الشخص. "ربما لم يكلّف مصطفى نفسه عناء البحث عن غيره ممن يحمل نفس الاسم. لقد قال الرجل إنه ليست بينه وبين الدكتور عبد القادر سابق معرفة".

رأى نعيم أنه لا بأس من لقاء هذا الرجل والتحدث معه، فإن لم يكن المقصود فلعله يعرف أشخاصاً آخرين ممن يحملون نفس الاسم. في هذه الأثناء دخل رجل نحيف متوسط القامة، في عقده الرابع، الفندق وأخذ يلتفت في كل اتجاه كأنه يبحث عن شخص. لم يكن نعيم

متأكداً إن كان هو طلعت ولكنه أشار إليه؛ فأقبل الرجل.

- "السلام عليكم.. أستاذ نعيم الوزان؟" سأل طلعت.

- "وعليكم السلام، لا بد أنك الأستاذ طلعت أحمد نجاتي" ردّ نعيم مصافحاً الرجل.

- "نعم.. أصدقك القول إني استغربت من مكالمتك البارحة، وجلست طوال اليوم أفكّر في الموضوع؛ لدرجة أن زوجتي بدأت تشاركني التفكير" قال طلعت وهو يجلس.

- "آسف إن كنت تسبّبت لك في حيرة، ولكن الحقيقة؛ أنا نفسي لا أفهم ما الذي يحدث. فلقد تلقّيت تلك الرسالة دون أن أتوقعها تماماً، بل إن نصّ الرسالة - ككل - غير مفهوم. وكنت مؤملاً حين خابرتك على الهاتف وبلغتك سلام الدكتور عبد القادر أن تضيف بعض الضوء على المقصود من الرسالة؛ ولكن يبدو أن المسألة قد ازدادت غموضاً".

- "في الحقيقة؛ أنا كما أخبرتك البارحة، لا تربطني صلة بالدكتور عبد القادر سوى أنني منذ سنة حاولت إجراء مقابلة صحفية معه على إثر تحقيق كنت أجريه؛ ولكنه رفض بحجة انشغاله".

- "أي تحقيق هذا؟" سأل نعيم.

- "تحقيق كنت قد أجريته منذ عام عن علاقة المركز العربي للبحوث والدراسات ببعض الجهات الخارجية، وعن طرق تمويله".

تذكّر نعيم في الحين ذلك الرجل الذي زار الدكتور عبد القادر في تلك الليلة، والذي أخبره عن وفاة زميل لهما في المعهد العربي للبحوث والدراسات، أو "المعبد" كما أطلق عليه الدكتور عبد القادر. "أيمكن أن تكون هذه مصادفة؟" فكّر نعيم ثم تذكّر ما كان يقوله له والده بأن الصدفة هي تبرير الجاهل لما لا يفقه.

- "وهل نشر ذلك التحقيق؟"

- "مع الأسف، لا. تخوّفت الصحيفة من الملاحقة القضائية.

ولكن لماذا السؤال؟ هل تعتقد أن هناك علاقة؟"

– "أستاذ طلعت، أنا لست ممن يستسهلون تفسير بعض الأحداث بالمصادفة، فلذلك لا أجد جواباً عن سؤالك سوى بنعم. هناك علاقة ولكني لا أفهمها. وبما أنك، بشكل أو بآخر، قد أصبحت طرفاً في الموضوع، سأخبرك بما حدث منذ مقابلتي للدكتور عبد القادر".

أخبر نعيم طلعت عن زيارته للدكتور عبد القادر، وعن ذلك الزائر الذي علم من الدكتور أنه رئيس قسم التاريخ "بالمعبد"؛ والذي أخبره عن الزميل الذي توفي. أخبره عن القلق الذي بدا ظاهراً على وجه الدكتور عبد القادر بعدما غادر الرجل. أخبره أيضاً عن محاولته الاتصال به دون جدوى في اليوم التالي؛ ثم كيف اكتشف جثمانه اليوم التالي؛ حتى وصل إلى نص الرسالة التي قادته إلى البحث عن طلعت أحمد نجاتي.

– "يا لها من أحداث!" قال طلعت وهو في ذهول مما سمع من أحداث أقرب للأفلام البوليسية. ثم أكمل "وأنت تعتقد أن تلك الرسالة التي بعثها إليك لها علاقة بزيارة رئيس قسم التاريخ، وربما بالتحقيق الذي أجريته منذ عام؛ حيث كان الدكتور عبد القادر عضواً في مجلس إدارة المركز العربي للبحوث والدراسات وأحد مؤسسيه؟"

– "ربما. ولو أني أشعر أن المسألة أبعد من ذلك".

– "إذاً فلنبدأ بمقابلة رئيس قسم التاريخ؛ فلعل بلقائه تتكشف لنا الأمور" قال طلعت ثم أضاف. "يبدو أن التحقيق الذي أجريته منذ عام لم يكتمل بعد!"

14

اتفق نعيم مع طلعت على أن يذهب الأخير في الغد لزيارة مدير قسم التاريخ بالمركز العربي للبحوث والدراسات، ويرى ما يستطيع الحصول عليه من معلومات قد تفيد في فهم رسالة الدكتور عبد القادر. كانت الأمور تزداد غموضاً بالنسبة لنعيم؛ لدرجة أنه بدأ يفكّر في الأمر أكثر من تفكيره في السبب الأساسي الذي ذهب به إلى المغرب ثم أتى به إلى مصر؛ ولكن حضور سوزي بدران في المساء إلى الفندق لكي تأخذه إلى يخت فؤاد شوكت قد أعاد تذكيره بالعمل.

استقلّ نعيم سيارة سوزي التي لم تبدُ سعيدة بالمهمة التي كلّفها إياها رئيسها؛ وقد شعر نعيم بذلك.

- "أنا آسف على التعب، كان بالإمكان أن يعطيني السيد فؤاد العنوان وكنت سآتي مع السائق".

- "أبداً لا يوجد تعب، أنا أسكن قريباً من هنا" ردّت سوزي باستحياء، وقد شعرت أن نعيم لاحظ استيائها.

- "يبدو أن السيد فؤاد يثق بك كثيراً".

- "عفواً؟" ردّت سوزي بشيء من الاستغراب.

- "أقصد اجتماع البارحة.. لقد كنت قاسماً أساسياً فيه".

- "أنا أعمل مع فؤاد بيه منذ أن تخرّجت من الجامعة. أنا حاصلة على الماجستير في إدارة الأعمال تخصص تسويق، وأيضاً تخصص إدارة دولية من "هارفرد بزنس سكول"؛ وكفاءتي ونشاطي في العمل هما اللذان أوصلاه إلى الثقة بي" ردّت سوزي بثقة ووضوح.

- "أنا أحترم فيك الوضوح والمباشرة، وهذا تلمّسته أمس من النقاش الذي دار. كما أني تلمّست عدم استئناسك كثيراً من النقاش الجانبي الذي دار بيني وبين السيد فؤاد بخصوص قصره".

- "أنا شخصياً أفضّل أن يكون حديث العمل فقط في العمل. ولكني فهمت أنك كنت تحاول كسب ثقة ومودة فؤاد بيه؛ ويبدو أنك قد نجحت" قالت سوزي بابتسامة ماكرة؛ فهم نعيم مغزاها.

- "من المهم للشخص أن يعرف مع من يتحدث، ميول الإنسان في الجوانب المختلفة من الحياة تضفي الكثير على معرفة شخصيته وكيفية التحدث معه من أجل توصيل الفكرة. ألا ترين معي أن أحد أكبر مشاكلنا في العالم أننا لا نجيد فهم بعضنا البعض؟"

- "ربما..." أجابت سوزي بتردد.

- "كل منا يريد أن يكون هو المتحدث؛ فلا يعطي نفسه فرصة لسماع الآخر، كما يريد أن يكون هو دائماً المنتصر؛ فلا يعطي فرصة للآخر لكسب أي شيء، وهذا ما يؤدِّي إلى الخلاف؛ والنتيجة أن الجميع يخسر".

- "نعيم بيه، تسمح لي أن أسألك سؤالاً شخصياً؟"

- "تفضّلي".

- "كيف استطعت أن تصل إلى ما وصلت إليه في هذا السن المبكر؟" سألت سوزي بشيء من الحرج. ابتسم نعيم من هذا السؤال ثم قال:

- "لقد ورثت بعض المال عن أبي؛ ولكنها لم تكن ثروة طائلة، فقرّرت أن أستثمر ذلك المبلغ في إنشاء شركة مقرها في أميركا تعرض عبر الإنترنت المشغولات المحلية وبعض التحف النادرة في دول العالم الثالث. نجحت الشركة؛ فقمنا أنا وشركائي بإدراجها في سوق الأسهم الأميركية "الناسداك"؛ وكان ذلك في أواخر التسعينيات

في عز فقاعة شركات الإنترنت؛ فتضاعف سعر سهم الشركة في غضون سنتين عشرات المرات قبل أن تنفجر الفقاعة".

- "وهل خسرت كثيراً؟" سألت سوزي.

- "لا، لقد بعت أغلب حصتي في الشركة قبيل الانهيار".

- "حظك جميل".

- "لا، لم يكن للحظ دخل في الموضوع، لقد بعت أغلب حصتي في الشركة لأن السعر الذي وصل إليه السهم كان مبالغاً جداً إلى درجة لا يمكن أن تُبرَّر، كان الانهيار مسألة وقت بالنسبة لي؛ وبالفعل قد حدث فرجعت واشتريت نفس الحصة التي بعتها بعشر الثمن، والباقي من المال استثمرته في أسواق الخليج؛ وبالأخص في عقار دبي، وسوق الأسهم السعودي، وفي مجال الاتصالات". ما أن فرغ نعيم من جملته الأخيرة حتى لفت انتباهه المقهى الشهير - "الهرم الذهبي" - على جانب الطريق؛ فخطر على باله سؤال لعله يجد إجابته عند سوزي.

- "الآن جاء دوري في السؤال".

- "تفضّل" قالت سوزي مبتسمة.

- "هل تعرفين من الذي يملك هذه السلسلة من المقاهي؟" سأل نعيم مشيراً إلى الهرم الذهبي الذي مرّت السيارة بجانبه.

- "تقصد "الهرم الذهبي"؛ إنها من أشهر سلسلة مقاهي في مصر، الشركة الأم مغربية؛ ولكن فؤاد بيه يمتلك حصة فيها".

- "فؤاد شوكت؟!" سأل نعيم مندهشاً.

- "نعم".

- "ومن هم باقي الشركاء؟"

- "في الحقيقة لا أعلم. أنا عملي مع فؤاد بيه فقط في إطار

شركة بنية الاتصالات، أما تفاصيل باقي استثماراته فلا علم لي بها". أنهـت سوزي الجملة، ثم بدأت تنخفض سرعة السيارة لتقف بجوار مرسـى أنـيق علـى ضفاف النيل في نهايته يخت أقرب إلى سفينة متوسـطة الحجـم، بهـا عدد كبير من الناس، وينبعث منها صوت موسيقى كلاسيكية خفيفة.

– "ما هذا؟" سأل نعيم.

– "لقـد وصـلنا. هذا هو اليخت" ردّت سوزي وابتسامة ماكرة تعلو وجهها.

– "ظننـت أنـي سـألتقي مـع السيد فؤاد على العشاء لنكمّل موضوع البارحة".

– "فـؤاد بيه لم يرد أن يخبرك أن الليلة حفل عيد ميلاده؛ حتى لا تكلف نفسك عناء شراء الهدية".

نظـر نعيم إلى سوزي، ثم إلى اليخت المليء بالناس، والمضاء بالأنوار؛ فقال بصوت خافت لا يكاد يسمع "لو أني دريت أن المسألة هكذا لما كلّفت نفسي عناء المجيء!"

* * *

كـان اليخـت ممتلـئاً بالضيوف من رجال أعمال، ووزراء، وفنانيـن، ومثقفيـن. البعض أتى برفقة زوجته، والبعض الآخر أتى برفقة صديق أو صديقة. كان فؤاد شوكت يجوب اليخت ليطمئن على ضـيوفه، وكذلـك كانـت تفعل زوجته. أما في الطرف الآخر من اليخـت؛ كانـت قـد دخلت سوزي برفقة نعيم وبدأت تعرفه ببعض الحضور. لفت انتباه نعيم كثرة الفنانين والإعلاميين في الحفل؛ ولكنه عـرف بعد ذلك من سوزي أن فؤاد شوكت يمتلك شركة إنتاج فني، وأنـه قد أنتج عدداً من الأفلام والمسلسلات العربية؛ بل إنه استعجب عـندما علـم أنه شريك في إحدى المحطات الفضائية المختصة في

الأغاني الحديثة، والتي كان الإقبال عليها يتزايد بشكل كبير بين الشباب لما تبثّه من أغانٍ فيها الكثير من العري. كان نعيم واضحاً في تحفظه على تلك القناة الفضائية وما تبثّه لدرجة أثارت حفيظة بعض الحضور الذين لم تعجبهم تلك الآراء المحافظة.

– "أنتم السعوديون تمتلكون أغلب تلك الفضائيات التي لا تعجبك". كان قول البعض؛ وكأنهم يشيرون إلى أن المسؤول الحقيقي عن تلك الفضائيات هم رجال أعمال ذلك المجتمع المحافظ الذي يمثّله نعيم.

– "الشباب اليوم في العالم العربي أصبح منفتحاً على العالم؛ وما تبثّه الفضائيات هو فن يعبِّر عن إيقاع الجيل وحياته اليومية؛ فلما ذلك التشدد والحجر على رغباتهم؟!" كان قول البعض الآخر، الذي لم يجد غضاضة مما يبثّ على تلك الفضائيات.

– "أنا ضد تلك الفضائيات؛ سواء كانت تموّل بأموال خليجية أو بغيرها. المبدأ عندي واحد" كان ردّ نعيم. "لا بد أن نفرق بين الفن وبين الإسفاف. وإذا كان الفن يتعارض مع تعاليم الدين فهو مرفوض، ومن قال إن الفن لا ينبغي أن يكون له حدود".

– "ومن الذي يضع تلك الحدود؟ رجال الدين؟"

حاول نعيم شرح أنه يتحدث عن بعض الثوابت الشرعية التي لا يختلف عليها أحد؛ كالعري والإسفاف. ولكنه وجد أن من الحضور من لا يؤمن بتلك الثوابت. والبعض كان يؤمن بأن الحرية هي قيمة مطلقة وليس من حق أحد أن يمنع الآخر من التعبير عن نفسه؛ لأن في ذلك حجباً لحريته. بدأ الحوار يفقد موضوعيته خصوصاً بعدما رفض بعض المتحاورون مبدأ التحجج بالقيم الدينية لأنها لم ترقَ لهم.

– "الدين لا ينبغي أن يكون عائقاً أمام حرية الإبداع؛ وإلا رجع بنا إلى عصور الظلام" قالت الراقصة الشهيرة. "ثم من قال إن

الرقص حرام، أليس الرقص عملاً، والعمل عبادة؟"

– "تفسير الدين هو أمر شخصي.. فأنا أفسِّر الدين على حسب فهمي؛ ولكل منا مطلق الحرية في تفسير الدين على حسب فهمه وقناعته... ولا يجوز لأحد أن يرغمني على تقبل تفسيره هو للدين" قال الكاتب والشاعر المعروف "الحرية هي القيمة المطلقة".

ابتسم نعيم وتذكّر في تلك اللحظة قول جدته نقلاً عن جده خليل "الحرية هي هبة الله لعباده، وليست حقاً لهم عليه".

لم يمتلك نعيم في تلك اللحظة سوى الترحم على روح جده خليل.

15

عام 1908

لاحظ خليل الوزان عند دخوله قصر طلعت باشا الشبه الواضح بينه وبين قصر الضيافة، تماماً كما قال يوري بك كوهين. لا شك أن القصرين صُمِّما من قبل شخص واحد قد تأثّر بالمعمار الأوروبي الممزوج ببعض اللمسات التركية. كانت أرضية المدخل مصفوفة بأجود أنواع الرخام المفروش بسجاجيد أصفهان المصنوعة من الحرير، أما الأسقف فكانت مزينة بمنقوشات جبسية مطلية بماء الذهب؛ لا يضاهيها جمالاً سوى الثريا المصنوعة من الكريستال الخالص.

– "طلعت باشا يعشق البناء والمعمار" قال يوري بك لخليل الذي فوجئ بتعليقه؛ كما لو كان يراقب نظراته وتأملاته للقصر. "أنت لم تقابل طلعت باشا من قبل، أليس كذلك؟"

– "لا، لم ألتقيه، ولم أسمع به قبل مجيئي إلى إستانبول" قال خليل الذي بدأ يشعر أن يوري بك يحاول التقرب إليه؛ ربما من أجل ضمه لكتلة الاتحاد والترقي في مجلس المبعوثان.

– "أنا أعرفه جيداً.. يجب أن أعرّفك عليه؛ فهو من أكثر الساسة نفوذاً اليوم، ولا أستبعد أن يصبح الصدر الأعظم عما قريب؛ خصوصاً إذا تولّى الحكم سلطان جديد".

– "ماذا تقصد؟" سأل خليل.

– "السلطان عبد الحميد الثاني لا يحب أهل سالونيك، فهو

يعتبرهم أهل فتن، لذلك قاوم بشدة تعيينه صدر أعظم بالرغم من كل الضغوطات" أجاب يوري بك، ثم نظر إلى رجل أشقر في العقد الخامس كان يتحدث مع رجل آخر في أحد أركان المجلس ثم دخلا إلى قاعة مجاورة، فقال "ها هو طلعت باشا".

- "تقصد الرجل الأشقر الذي كان يتحدث مع محمد جاويد باشا؟" سأل خليل.

- "نعم هو، لقد دخلا إلى قاعة المكتب" قال يوري بك، ثم بدأ بالاتجاه نحو الباب الذي خرجا منه الرجلان من قاعة الاستقبال. "تعال معي؛ سأعرّفك إلى طلعت باشا".

- "لماذا لا ننتظر حتى يحضر إلى قاعة الاستقبال؟ فربما يريد التحدث مع محمد جاويد باشا على انفراد".

- "الآن أفضل وقت للتعرف والتحدث إليه بعيداً عن باقي الحضور".

توجّه يوري بك نحو الباب المؤدي إلى قاعة المكتب مصطحباً معه خليل؛ حتى وصلا إلى الباب، ثم طرق عليه يوري بك ثلاث طرقات، فدخل ومعه خليل.

- "مساء الخير. أنا آسف طلعت باشا على اقتحام خلوتك مع محمد جاويد باشا؛ ولكني أردت أن أسلِّم عليك وأعرّفك بخليل أفندي الوزان؛ أحد مبعوثي ولاية الحجاز، بعيداً عن زحمة الضيوف".

- "مساء الخير يوري بك، أهلاً بك وبخليل أفندي، أنت تعلم أنك لا تحتاج إلى استئذان" قال طلعت باشا مرحِّباً.

- "مساء الخير خليل أفندي، كنت أتحدث قبل قليل مع الشريف يوسف وسألته عنك، حسبتك لن تأتي الليلة" قال محمد جاويد باشا وهو يشعل سيجاراً؛ ثم أضاف، مخاطباً طلعت باشا "خليل أفندي من الأصدقاء المقربين لكاظم باشا". شعر خليل أن محمد جاويد باشا لم

يقصد الثناء بجملته الأخيرة.

- "كيف حال كاظم باشا؟ ألا زال حاد الطباع؟" سأل طلعت باشا.

- "كاظم باشا رجل لا يخشى في قول الحق لومة لائم، لذلك يبدو للبعض حاد الطباع" ردّ خليل.

- "ألم أقل لك إنه من أصدقائه المقرّبين؟"

- "يعجبني الرجل الوفي لأصدقائه؛ فالوفاء من شيم الكرام" قال طلعت باشا رداً على تعليق محمد جاويد باشا، ثم أضاف "خليل أفندي، أخبرني عن أهل المدينة المنورة ونظرتكم لحال الدولة".

- "أهالي المدينة ممنونون للاهتمام الذي أولاهم به السلطان مؤخراً؛ ولو أن هذا الاهتمام قد جاء بعد طول انتظار. فهل يعقل أن تكون مدينة الرسول، عليه الصلاة والسلام، ومهد الدولة الإسلامية بهذا الحال؛ حيث يعاني الأهالي من الفقر والجهل؟! والحقيقة أني وجدت أن أغلب الحواضر العربية تعاني من الإهمال؛ بخلاف حواضر الأناضول".

- "خليل أفندي، الدولة تعاني من الضعف والفساد؛ كما أن سلاطين آل عثمان أصبحوا غير قادرين، وغير مؤهلين للحكم. انظر كيف يذبح السلطان إخوته من الرجال - صغيرهم وكبيرهم - عندما يتقلّد الحكم، والورع منهم يكتفي فقط بسجنهم؛ كما فعل عبد الحميد الثاني. ماذا تتوقّع من سلطان لا يراعي صلة الدم؟ كيف تتوقّع منه أن يرأف برعيته؛ وهو الذي لم يرأف بإخوته؟ العالم يتغيّر ويتطوّر، نحن الآن في القرن العشرين، والديموقراطية هي التي تجب أن تحكم الشعوب لا الاستبداد".

- "طلعت باشا، أغلب المسلمين يفضّلون لو أن شرع الله هو الذي يحكم بما فيه من عدل ورحمة".

– "خليل أفندي، الشريعة لا تستطيع مواكبة التطور الحضاري الذي نعيشه؛ ثم ما ذنب غير المسلمين أن يحكمهم الإسلام؟" قال طلعت باشا مقاطعاً خليل الوزان.

– "وما ذنب المسلمين أن يحكموا بغير الشريعة؟ ولكني أتحدث عن شريعة يسمح فيها لاجتهاد العلماء؟ العيب ليس في الإسلام؛ ولكن العيب في العلماء الذين لم يواكبوا تطور الزمان والمكان. بدلاً من أن نأتي ببضاعة غيرنا ونقحمها علينا؛ لماذا لا نجرّب أولاً أن نطوّر بضاعتنا بما يتناسب مع العصر؛ بدلاً من أن نلقي بها على قارعة الطريق؟"

لم يعجب الحديث محمد جاويد باشا؛ الذي أخذ ينفخ في سيجاره بغيظ، ثم استأذن طلعت باشا وانصرف من قاعة المكتب. أما يوري بك فقد جلس صامتاً طوال الوقت يستمع إلى الحوار الدائر بين طلعت باشا وخليل الوزان باهتمام بالغ.

– "خليل أفندي، من الواضح أنك رجل متعلم ومطلع، سيكون وجودك في مجلس "المبعوثان" مصدر ثراء له".

– "أشكرك يا باشا، وأنا سعيد بمعرفتك وحوارك".

بدأ طلعت باشا بالتحرك نحو الباب ومعه يوري بك كوهين وخليل الوزان، الذي توقف فجأة أمام مجسم انتبه له حين تحرّك من أمامه طلعت باشا، الذي كان يواريه بجسده الضخم. كان نفس المجسم الهرمي الذي يتوسطه نحت على شكل عين إنسان، والذي رآه في مكتبة قصر الضيافة، وكانت العين تنظر إلى حائط به مدفأة حطب كما في قصر الضيافة. "أيعقل أن يكون وجه الشبه بين القصرين إلى هذا الحدّ" تساءل خليل في خاطره.

– "ما الخطب خليل أفندي؟" سأل طلعت باشا الذي لاحظ توقف خليل.

- "هذا المجسم الهرمي، رأيت مثله في قصر الضيافة، بل يكاد يكون هو نفسه".

- "نعم إنه جميل؛ أليس كذلك؟ الهرم هو رمز قدرة الإنسان على التشييد والبناء، بعض المؤرخين اعتقدوا خطأً؛ أن العبيد هم الذين بنوا أهرامات الجيزة... ولكن العبيد، خليل أفندي، لا يبنون الحضارات، أليس كذلك؟"

- "بلى، أتفق معك أن الإنسان الحر هو الأقدر على العطاء".

- "ألا تتفق معي أيضاً؛ أن الحرية هي قيمة مقدسة تعلو فوق كل القيم؟"

- "طلعت باشا، القداسة لله، والحرية هي هبة منه لعباده، وليست حقاً لهم عليه". لم يعجب ذلك الردّ طلعت باشا، الذي بدأ يتحرك مجدداً نحو الباب مصطحباً معه يوري وخليل؛ الذي توقف مرة أخرى ونظر نحو المجسم الهرمي الذي يتوسّط القاعة. هذه المرة لفت انتباهه العين المنحوتة، والتي تطلّ على حائط ذي مدفأة حطب كالتي في قصر الضيافة.

- "ما الخطب الآن، خليل أفندي؟" سأل طلعت باشا، وقد بدأ ينفذ صبره من ملاحظات خليل غير المرغوبة.

- "أي اتجاه ذلك الحائط الذي تنظر إليه العين المنحوتة في المجسم؟"

- "ماذا؟ لا أفهم قصدك".

- "خليل أفندي ما أهمية هذا السؤال؟" سأل يوري بك، الذي كان صامتاً طوال الوقت؛ مستمعاً ومستمتعاً بالحوار الدائر بين خليل الوزان وطلعت باشا؛ الذي كان قد وضح عليه التوتر جراء ملاحظات خليل.

- "ستعرفا سبب سؤالي؛ ولكن بعد أن أتلقّى الجواب".

ظل طلعت باشا صامتاً لا يعرف بماذا يجيب خليل. في تلك الأثناء نظر يوري بك حوله ثم أجاب خليل أنه يعتقد أن الحائط يقع على الأرجح في اتجاه جنوب الشرق.

- "غريب!"

- "ما الغريب خليل أفندي؟" سأل طلعت باشا.

- "هذا نفس الاتجاه الذي تنظر إليه العين في مجسم قصر الضيافة".

- "يا لها من صدفة؛ لا أعتقد أنها تعني الكثير. هيا بنا يا حضرات، لا بد أن نخرج للضيوف" قال طلعت باشا وهو يتّجه نحو الباب دون توقف؛ مصطحباً معه يوري وخليل الذي كان يتمتم في سرّه "صدفة؟" ثم تذكّر قول الشيخ أبو بكر الحسيني؛ بأن الصدفة هي تبرير الجاهل لما لا يفقه؛ ولكنه شعر أن كلمة "تبرير الجاهل" لا تنطبق على طلعت باشا.

16

لم تشعر سلوى الشافعي بالارتياح لما سمعت من زوجها طلعت. فقد أدركت أن حِسّ زوجها الصحفي هو الذي يقوده الآن ويدفعه لمساعدة رجل الأعمال السعودي نعيم الوزان في معرفة الحقيقة؛ وكم من مرة دفع ذلك الحس الصحفي طلعت إلى المشاكل؛ نتيجة غضب المسؤولين منه لتدخله فيما لا يعنيه؛ حسب وجهة نظرهم. ولكن طلعت كان يعتقد أن الشأن العام يعنيه كما يعني أي صحفي يبحث عن الحقيقة، فالحقيقة ملك للناس ولا يمكن إخفاؤها. تذكّرت سلوى أول لقاء لها بطلعت - منذ سبع سنين - عندما قرّرت ارتداء الحجاب فمنعها مدير القناة الفضائية التي تعمل بها كمقدمة للأخبار من الظهور على الشاشة وتقديم الأخبار أو أي برنامج. سمع طلعت عن الموضوع وأجرى تحقيقاً صحفياً هزّ الرأي العام؛ مما شكّل إحراجاً كبيراً للقناة الفضائية التي منعت إحدى المذيعات من ممارسة حقها في ارتداء الحجاب؛ فتراجعت القناة عن قرارها؛ ولكن طلعت خسر فرصة تقديم برنامج حواري كان يتفاوض مع القناة على تقديمه. كانت فرصة كبيرة لطلعت من أجل الظهور على شاشة التلفاز والحصول على أجر مغرٍ؛ ولكنه لم يأبه، وغامر بمصلحته من أجل قول الحق والدفاع عن مبدئه. كان ذلك الموقف الشجاع والنبيل من قبل طلعت كفيلاً بأن يجعل سلوى تدرك أن هذا هو الرجل الذي تريد الارتباط به؛ ولم تندم يوماً على ذلك القرار.

- "طلعت، لما لا يذهب نعيم لمقابلة مدير قسم التاريخ؛ فهو صاحب الشأن؟"

- "المسألة أصبحت تخصّني كما تخصّه، فهناك سبب لذكر

الدكتور عبد القادر اسمي في الرسالة. حسّي الصحفي يقول لي إن المسألة ليست مجرد حادث انتحار، هناك في الأمر شيء؛ ولا بد أن أعرفه".

- "حسك الصحفي هذا هو الذي يوقعك في كثير من المشاكل. ألم تتّعظ مما جرى لك في هولندا قبل أشهر قليلة؟ وقبلها بعدة أشهر كانت سترفع عليك دعوة قضائية من قبل نفس المركز، الذي تنوي الذهاب إليه اليوم، للتحقيق الذي نشرته عنهم؛ ولولا تدخل نقيب الصحفيين لوصل الأمر إلى القضاء".

- "لا تقلقي، فالمسألة الآن بسيطة. سأذهب لمقابلة رئيس قسم التاريخ الذي زار الدكتور عبد القادر قبيل وفاته وأسأله إن كان سمع من الدكتور عبد القادر أثناء لقائهما ما قد يفسّر سبب انتحاره. لست ذاهباً من أجل اتهامه أو اتهام المركز بأي شيء" قال طلعت مطمئناً زوجته.

- "أتمنّى أن تكون المسألة بهذه البساطة... حدسي يخبرني أنها لن تكون كذلك".

* * *

يقع المركز العربي للبحوث والدراسات في حي المعادي الهادئ، المشهور بفلله وقصوره الراقية، على خلاف كثير من المؤسسات المدنية. كان المكان في الأصل قصراً سكنياً تبرّع به صاحبه للمركز ليكون مقراً له. كالعادة؛ كان المركز محاطاً بحراس الأمن، ولا يسمح لأحد بالدخول بدون موعد مسبق يوافق عليه مدير المركز الدكتور زكريا السيد. كان طلعت نجاتي على علم بذلك عندما قدم إلى المركز؛ ولكنه - كعادته - لم يأبه، فمنذ متى منعته النظم من تأدية أية مهمة؟

- "ممنوع، بدون موعد لا أستطيع السماح لك بالدخول" قال أحد

الحراس لطلعت، الذي كان مصرّاً على مقابلة مدير قسم التاريخ.

- "أحتاج إلى موعد لمقابلة موظف بمؤسسة مدنية تعمل في مجال الفكر والثقافة؟! يا أخي أنا لست قادماً لسفارة من أجل الحصول على تأشيرة".

- "قلت لك لديَّ أوامر؛ لا أستطيع. أنت تضيّع وقتك ووقتي".

- "وكيف أحصل على الموعد؟"

- "اتصل على رقم المركز الرئيس. هل تريد الرقم؟"

- "لا داعي؛ فعندي الرقم".

بدأ طلعت بالاتصال على الرقم المسجل لديه في هاتفه الجوال، فردّ عليه صوت رجل مرحِّباً.

- "أنا اسمي طلعت أحمد نجاتي؛ صحفي بجريدة الأحداث. أودّ مقابلة مدير قسم التاريخ لأمر ضروري لا يتحمل التأجيل".

- "لا بد من أخذ موعد" ردّ موظف الاستقبال.

- "متى أقرب موعد؟"

- "لا أدري. تستطيع أن تترك رقم هاتفك؛ وسنردّ عليك في خلال أيام".

- "أقول لك أنا في الخارج؛ وأريد مقابلته لأمر لا يتحمّل التأجيل".

- "آسف، ولكن هذا نظامنا".

- "إذاً حوّلني عليه؛ أودّ محادثته".

- "آسف، لا أستطيع".

- "ماذا؟.. هل أحتاج إلى موعد أيضاً من أجل أن أخاطبه على الهاتف؟" سأل طلعت بنبرة غضب.

- "لا، ولكن الدكتور عزمي مدير قسم التاريخ مشغول؛ ولا يودّ

استقبال أية مكالمة".

- "هل تستطيع إذا إخبار الدكتور زكريا السيد، مدير المركز، بأنني أودّ مقابلته هو شخصياً اليوم".

- "قلت لك لا بد من...".

- "أخبره بأني لديَّ معلومات جديدة بخصوص حادثة انتحار الدكتور عبد القادر بنوزّاني؛ أنوي نشرها غداً بجريدة الأحداث" قال طلعت بنبرة حازمة.

- "لحظة من فضلك".

كانت جملة طلعت الأخيرة بخصوص الدكتور عبد القادر لها وقعة شديدة على موظف الاستقبال؛ وكأنما كانت كلمة سر ينتظرها، فلم تمضِ سوى دقيقة حتى اقترب الحارس من طلعت، الذي كان بالقرب ينتظر، فأخبره بأن الدكتور زكريا السيد مدير المركز سيقابله.

اصطحب حارس الأمن طلعت إلى الداخل، حيث قابل رجلاً؛ عرف نفسه بسكرتير الدكتور زكريا. لم ينطق الرجل بكلمة وهو يقوده إلى مكتب المدير في الدور الثاني من المبنى الجميل، الذي كان لا يزال يحافظ على جماله ورونقه منذ أن كان قصراً يسكنه صاحبه قبل أن يتبرّع به للمركز العربي للبحوث والدراسات منذ قرابة العشرين عاماً.

- "تفضّل، الدكتور زكريا في انتظارك" قال السكرتير مشيراً لطلعت بالدخول.

* * *

استقبل طلعت في الداخل رجل قصير القامة خفيف الشعر يقارب الستين من عمره؛ تعرّف إليه طلعت على الفور حيث حلّ ضيفاً على الكثير من البرامج الحوارية بحكم مركزه ومكانته الثقافية في المجتمع العربي ككل. كان هذا أول لقاء بينهما، بالرغم من

التقرير الذي نشره طلعت عن المركز منذ عام، والذي أثار ضجة كبيرة في الأوساط الثقافية بعد أول حلقة من الحلقات الخمس، التي كان ينوي طلعت نشرها قبل أن يمنعه رئيس التحرير على إثر دعوة قضائية من المركز ضد طلعت والصحيفة.

– "أستاذ طلعت؛ لم أتوقّع منك زيارة بعد محاولتك نشر تلك الافتراءات على المركز" قال الدكتور زكريا؛ غير مرحِّباً بطلعت.

– "في الواقع أنا لم آتِ من أجل هذا الأمر" ردّ طلعت، بعد أن دعا نفسه للجلوس غير مكترث بعدم ترحيب الدكتور زكريا.

– "أخبرني سكرتيري أنك تريد مقابلتي بخصوص خبر ستنشره حول انتحار الدكتور عبد القادر".

– "نعم، لقد علمت أن مدير قسم التاريخ في المركز قد زار الدكتور عبد القادر قبيل وفاته بيومين". صمت طلعت بعد جملته ليرى وقع الخبر على الدكتور زكريا.

– "الدكتور عزمي؟ مستحيل؛ فالرجل لم يسافر منذ عدة أشهر. حتى زيارته التي كانت مقرَّرة إلى منتدى الفكر في بيروت؛ اضطرّ إلى إلغائها بسبب تعيينه مديراً لقسم التاريخ بدلاً من الدكتور أحمد عبد الوارث".

– "عفواً، هل قلت إن الدكتور عزمي عين قريباً مديراً لقسم التاريخ؟" سأل طلعت الذي شعر لوهلة أن الدكتور عزمي قد لا يكون هو ذلك الزائر المجهول.

– "نعم، لقد عيّن الاثنين الماضي بعد وفاة الدكتور أحمد". ثم بعد لحظة تأمل؛ قال الدكتور زكريا وقد نفذ صبره. "أستاذ طلعت، ما الذي أتى بك إلى هنا؟ وماذا تريد؟ بدأت أشكّ في أن يكون لديك أية معلومات عن انتحار الدكتور عبد القادر".

– "وماذا عن الدكتور أحمد؛ ألم يكن في المغرب قريباً؟"

– "أستاذ طلعت، الزيارة انتهت". استدعى الدكتور زكريا سكرتيره، وطلب منه اصطحاب طلعت إلى الخارج.

شعر طلعت أن الدكتور زكريا يخفي أمراً ما؛ ولكن لا يدري ما هو، فما الذي جعله يستقبله حالما ذكر اسم الدكتور عبد القادر وأن لديه معلومات جديدة عن وفاته، ثم إنهاء المقابلة بهذا الشكل السريع بعدما سأله عن الدكتور أحمد عبد الوارث! "هل الشخص الذي زار الدكتور عبد القادر هو أحمد عبد الوارث؟" أخذ يفكّر طلعت. "المشكلة أن نعيم لا يعرف اسم الزائر. كل ما أخبره الدكتور عبد القادر فقط أنه مدير قسم التاريخ بالمعبد". ازدادت المسألة تعقيداً بالنسبة لطلعت. فالدكتور عزمي لم يصبح مديراً لقسم التاريخ سوى الاثنين الماضي؛ أي بعد وفاة الدكتور عبد القادر، إذاً لا يمكن أن يكون هو الشخص المقصود. لا بد أن يكون المقصود إذاً هو الدكتور أحمد عبد الوارث، الذي توفى على حدٍّ قول الدكتور زكريا.

– "لو سمحت" قال طلعت، متحدثاً للسكرتير الذي كان يصطحبه إلى الخارج. "متى توفي الدكتور أحمد؟"

– "عفوا؟"

– "الدكتور أحمد عبد الوارث رئيس قسم التاريخ السابق، متى توفي؟"

– "الأحد الماضي".

– "الأحد الماضي!" ردّد طلعت بدهشة. "نفس اليوم الذي توفي فيه الدكتور عبد القادر... يا للمصادفة!"

17

كان نعيم يتناول وجبة الغداء في مطعم الفندق وعينه على الجوال ينتظر مكالمتين؛ مكالمة من طلعت ليخبره عن الذي جرى في المركز العربي للبحوث والدراسات، ومكالمة من فؤاد شوكت ليخبره عما توصل إليه مع كمال أغلو. كانت الدقيقة تمرّ على نعيم وكأنها دهرُ، لذلك عندما رنّ الجوال أسرع في الردِّ دون أن يرى اسم المتصل على الشاشة.

- "السلام عليكم أبو عبد الله، بشر؛ ما الذي جرى في اجتماع البارحة مع فؤاد شوكت؟" كان صوت شريكه سعد العثمان يحادثه.

- "وعليكم السلام... وعدني بأنه سيتحدث مع كمال أغلو ويحاول أن يتوصل إلى حل معه يرضي جميع الأطراف، ولا زلت أنتظر منه مكالمة".

- "إذا كلّمني حينما يأتيك خبر".

- "إن شاء الله.. بالمناسبة، هل سمعت بسلسلة من المقاهي تسمّى الهرم الذهبي؟"

- "نعم، رأيتها في بيروت عندما كنت هناك منذ أسبوعين. لماذا تسأل، هل تفكّر في أخذ وكالتها؟"

- "لا.. فقط لفت انتباهي سرعة انتشارها في عدة دول عربية. لقد اكتشفت البارحة أن فؤاد شوكت هو أحد الشركاء؛ ولكن الشريك الأساسي مغربي، ولكني لا أعرف من هو؛ ظننت أنك تعرف".

- "فؤاد شوكت شريك في عدة شركات حول العالم، فالرجل ملياردير. ولكن ما سرّ الاهتمام؟"

– "هناك أمر ما لا أدري ما هو، لفت انتباهي إلى هذه السلسلة من المقاهي، ولكني أريد أن أعرف أولاً من هم باقي الشركاء".

– "هذه مسألة بسيطة. سأطلب من مصطفى أن يأتي لك بكل ما يخصّ هذا الأمر".

كان شعور نعيم نحو "الهرم الذهبي" كشعور المسافر المتجه إلى المطار، وهو يظن أنه نسي شيئاً ولكن لا يدري ما هو. وكعادته، إذا صادف مثل هذا الشعور يصفي نعيم ذهنه من الموضوع الذي يشغله ويفكّر في أمر أخر. كان الحل يقدم نفسه عاجلاً أم أجلاً.

بـدأ نعيم يراجع الرسالة التي بعثها إليه الدكتور عبد القادر مرة أخرى:

عزيزي نعيم

لقد سعدت بلقائك البارحة؛ فقد كانت أمسية جميلة قضيتها في حوار معك لا يمل.

لا أدري إن كـنـا سـنلتقي مجـدداً أم لا، فهـناك الكثـير من المواضيع التي كنت أودّ التحدث فيها معك؛ ولكن يبدو أنه لا نصيب لي في ذلك.

في الختام أقرأك السلام

تحياتي إلى طلعت أحمد نجاتي

ورحم الله جدك خليل 256 – 114/2

عبد القادر بنوزّاني 8 – 114/2

بدت الرسالة لنعيم كما لو أنها أنهيت على عجل. فالبداية كانت مكوّنـة من جمل طويلة والنهاية كانت جملها قصيرة ومقتضبة. هل كـان يفكّـر في الانتحار عندما كتب الرسالة؟ ماذا كان يقصد بعدم

درايته إن كانا سيلتقيا مجدداً أم لا؟ فهذه الجملة لا تدلّ على أن صاحبها ينوي الانتحار إلا إذا كان قد قرّر الانتحار بعد كتابة الرسالة. كان نعيم يحاول أن يقرأ ما بين السطور، متسائلاً إن كان هناك أمر غير واضح حاول الدكتور عبد القادر أن يقوله لنعيم في هذه الرسالة. ولكن إن كان هناك أمر ما، لما لم يكتبه مباشرة دون تلميح؟ ثم ما القصد من السلام على طلعت نجاتي؟ فلا الدكتور عبد القادر ولا هو قد التقيا طلعت من قبل، بل إنه لم يسمع بالاسم قبل قراءة الرسالة؟ ظل نعيم يفكر في أمر الرسالة حتى رنّ جواله وانتبه هذه المرة إلى اسم المتصل الظاهر على الشاشة، كان طلعت.

- "نعيم، أين أنت؟" سأل طلعت بصوت مضطرب.

- "أنا في مطعم الفندق، هل حصلت على شيء؟"

- "ربما... فالأمر قد زادني حيرة... لا أدري؛ ولكن عندي شعور أن المسألة أخطر بكثير مما كنا نتوقّع!"

18

عام 1908

بالرغم من عدم مرور سوى يومين منذ قدوم خليل الوزان إلى إستانبول، إلا أنه قد أدرك في هذين اليومين أن هناك محاولة حثيثة من حركة الاتحاد والترقي، التي أصبحت حزباً سياسياً يسيطر على الكثير من أمور الدولة، على ضم أكبر عدد من أعضاء مجلس المبعوثان إلى صفوفهم. كان ذلك واضحاً له من خلال كلام يوري بك، وحرصه الشديد على تعريفه إلى طلعت باشا، بجانب الحديث الذي دار في حفل الليلة. وما أقلق خليل أيضاً، تلك الهوة التي بدأت تتضح له بين الحزب وبين السلطان، مما جعله يشعر بأن شيئاً ما يحوم في الأجواء لا ينبئ بخير. ظل خليل يفكر في الأمر وهو يتجول في حديقة قصر الضيافة بعد مجيئه من حفل طلعت باشا، مستعرضاً أحداث يومه. أقلقه حديث الشيخ أبو بكر بخصوص محاولة بعض اليهود استيطان فلسطين وشرائها من الدولة، وعلى الرغم من رفض السلطان عبد الحميد هذا العرض، إلا أنه كان لا يزال للحديث بقية – على حدّ قول الشيخ أبو بكر... "يا ترى ما الذي كان يقصده؟" أخذ يفكر خليل. لم يشأ الشيخ أبو بكر الإسهاب في الحديث عندما التقيا في قصر الدولمة بهجة؛ ولكنه وعده بأنه سيشرح له الأمر غداً في بيت أخيه. شعر خليل أنه لا يملك في هذه اللحظة سوى الصبر حتى يلتقيا غداً. بعدها بدأ خليل يستعرض ما حدث في حفل طلعت باشا، وظلت صورة ذلك المجسم الهرمي لا تفارق خياله. هو نفسه بجميع تفاصيل المجسم الموجود في مكتبة قصر الضيافة.

"لماذا العين كانت تنظر إلى اتجاه الجنوب الشرقي؟ ماذا يوجد في هذا الاتجاه؟" أول ما خطر على بال خليل هو ذلك الباب المخفي في الحائط، "هل يا ترى يوجد نفس الباب في قصر طلعت باشا؟"

عقد خليل العزم على محاولة كشف سرّ ذلك الباب. المشكلة كانت تكمن في كيفية فتحه؛ خصوصاً بعدما حاول الليلة الماضية بشتى الطرق دون جدوى. لم يكن أمام خليل سوى طريقة واحدة؛ فعزم أمره وبدأ بالتوجه نحو الداخل.

اتجه خليل نحو جناحه بعد أن سلّم على بعض الموجودين في بهو القصر. لم يكن المكان مزدحماً؛ فغالبية النزلاء قد توجهوا إلى أجنحتهم. تظاهر خليل بأنه قد نعس هو الآخر، وتعمّد أن يحدث بعض الأصوات وهو يدخل جناحه. كانت الساعة نحو الحادية عشر مساءً. انتظر خليل إلى بعد منتصف الليل؛ ثم فتح باب جناحه برفق من دون إحداث أي صوت هذه المرة، ثم توجّه نحو الدور الأرضي حيث المكتبة. لم يصادف أحداً أثناء سيره حتى وصل. فتح الباب برفق ثم دخل المكتبة الخالية فقفل الباب. كانت هناك أريكة كبيرة في أحد أطراف القاعة؛ توجّه نحوها، ثم تفحصها جيداً فوجدها مناسبة للغرض الذي أراده. ذهب خليل إلى خلف الأريكة واختبأ، بعد أن ضمن أنه لن يكون مكشوفاً من هذا المكان، ثم انتظر. مرّت نحو ساعتان ولم يأتِ أحد؛ وخليل لم يتحرك من موقعه وقد بدأ يغلبه النعاس. بدأت تغفو عيناه؛ وفي إحدى هذه الغفوات تنبّه فجأة إلى ضوء بهو القصر يدلف إلى المكتبة المظلمة على إثر فتح الباب.

دخل رجل لم يستطع خليل أن يتبيّن ملامحه. بدأ الرجل بالاتجاه نحو المجسم الهرمي في منتصف القاعة. وعندما وصل، انحنى نحو قاعدة الهرم فأخرج شيئاً – لم يتبيّنه خليل – ثم وضعه في منتصف الهرم – حيث توجد العين – وفي نفس اللحظة أخذ ينفتح الباب السري. أعاد الرجل الشيء الذي وضعه في عين الهرم إلى مكانه،

ثم توجّه نحو الباب السري، وبعدما اختفى بعدة ثوان أغلق الباب؛ ونجحت خطة خليل.

* * *

قام خليل من وراء الأريكة بعد مضي بضع دقائق؛ ثم اتجه نحو باب المكتبة وفتحه ببطء ليتأكد أنه لا يوجد أحد قادم؛ ثم اتجه نحو الهرم. نظر إلى القاعدة وأخذ يبحث عن ذلك الشيء الذي وضعه الرجل في العين. ظلّ يبحث في قاعدة الهرم حتى وجد مزلاجاً صغيراً لا يكاد يرى، ففتحه؛ وإذا به يكشف عن فتحة صغيرة بها مفتاح على شكل العين المحفورة في وسط المجسم، فأخذه ووضعه في تجويفة العين فانفتح الباب السري. توجّه خليل نحو الباب، ثم تذكر المفتاح... "الرجل وضع المفتاح في مكانه، لا بد لي أن أفعل نفس الشيء".

بعدما وضع المفتاح في مكانه وأغلق المزلاج، اتجه نحو الباب السري ودخل من خلاله إلى حجرة مضاءة ببعض المصابيح لا يتجاوز مساحتها ثلاثة أمتار في ثلاثة، وفي أحد أركانها درج يتجه نحو الأسفل. نظر خليل حوله فوجد بقرب أحد المصابيح مزلاج؛ أمسك به فإذا بالباب يقفل. بعد ذلك توجّه بحذر نحو الدرج الذي أدى به إلى نفق مضاء بمصابيح على جانبيه.

مشى خليل في النفق مسافة ميل قبل أن يتفرع إلى عدة اتجاهات. نظر حوله نحو الاتجاهات المختلفة، والتي كانت تتشابه، فلعله يجد علامة تدله على الاتجاه الذي يجب أن يسلكه، فلم يجد...

"إلى أين تؤدي هذه الأنفاق يا ترى؟" أخذ يفكر خليل، ثم قرّر أن يختار أحد الأنفاق المتفرعة ويمشي فيها؛ وما كاد يفعل حتى انتبه إلى آثار الأقدام في أرضية النفق؛ كانت كلها تتجه في نفس الاتجاه. "كلها تتجه نحو النفق الجنوب شرقي، الاتجاه الذي تنظر إليه العين".

لاحظ خليل في نهاية النفق، بعدما مشى مسافة نصف ميل،

وجود باب كبير في أعلاه رسمة هرم، في وسطه عين، وفوق قمة الهرم نجمة خماسية. "لا بد أن يكون هذا هو المقصد. ولكن ماذا يوجد خلف الباب يا ترى؟" تساءل خليل وهو يحاول أن يجد تفسيراً منطقياً لما يشاهد. "باب سري... نفق يؤدي إلى باب آخر... آثار أقدام... ما هذا؟"

لم يدم تفكير خليل طويلاً؛ فسرعان ما سمع صوت خطوات متجهة نحوه من النفق. على الفور أخذ يبحث حوله عن مكان لكي يتوارى فيه حتى لا ينكشف أمره. ذهب إلى ركن يعلوه مصباح فأطفأه؛ ليجعل ذلك الركن مظلماً بحيث يمكنه الاختباء. انتظر خليل دقائق قليلة؛ ثم ظهر صاحب الخطوات. كان رجلاً لم يره من قبل. أقبل من النفق بخطوات ثابتة متجهاً نحو الباب الذي طرق عليه ثلاث طرقات.

- "من الطارق؟" أتاه صوت من الداخل.
- "رفيق يبحث عن الحكمة".
- "أي حكمة؟"
- "حكمة المعلم الأكبر".

ثم فتح الباب ودخل الرجل؛ وخليل ينظر إلى ما يحدث بدهشة دون أن يعي ما الذي يجري. ظلّ يفكر قليلاً في خطوته القادمة، هل يرجع إلى القصر ويخبر ما رأى لأحد المسؤولين؟ ولكن في من يثق في هذه الأجواء الغريبة؟ انتظر خليل بضع دقائق يفكر جلياً في الأمر؛ ثم اتخذ قراره وذهب إلى الباب.

- "من الطارق؟" جاء الصوت من الداخل.
- "رفيق يبحث عن الحكمة".
- "أي حكمة؟"
- "حكمة المعلم الأكبر".

فتح الباب ودخل خليل إلى بهو كبير وكأنه مدخل كنيسة من كنائس القرون الوسطى ذات أسقف عالية وأعمدة منقوشة من الحجر. لم يكن في البهو أحد معه سوى الحارس الذي ظلّ صامتاً لا ينبس بحرف. نظر خليل حوله لعله يكتشف إلى أين يجب أن يتجه، فوجد باباً في نهاية البهو يشبه كثيراً الباب الذي دخل منه، فاتجه إليه. فتح الباب برفق وهو لا يدري ما الذي ينتظره في الجانب الآخر. لم يفكر في هذه اللحظة في أي خطر محتمل يمكن أن يواجهه، فالفضول كان هو الشعور المتغلب في تلك اللحظة. فتح الباب فوجد خلفه غرفة متوسطة الحجم خالية إلا من درج عريض متجه إلى الأعلى. بخطوات متأنية، اتجه خليل نحو الدرج، ثم بدأ يصعد عليه نحو الطابق الأعلى. مع كل خطوة كان يسمع فيها صوتاً جهوراً يخطب في مجموعة من الناس، يتمتمون تأييداً لما يسمعون. لم يتبين لخليل ما الذي يقوله الرجل؛ فأكمل صعوده بحذر لعله يسمع أفضل. استمر على هذا الحال حتى وصل إلى أعلى الدرج، ولم يحل بينه وبين الجمع سوى باب عريض يشبه الذي سبقه. أدرك خليل أن هذه آخر نقطة يستطيع الوصول إليها إذا أراد ألا يغامر على كشف أمره، فوضع أذنه على الباب ليسترق السمع. لم تمر سوى ثوانٍ حتى أدرك خليل أن اللغة التي يتحدث بها هذا الرجل هي لغة غير مألوفة لديه، لم يسمع بها من قبل؛ ولكنها قريبة من العربية. ظلّ الرجل يتحدث، وكلما ردّد كلمتين معينتين، هتف الجمهور. تكررت هاتان الكلمتان عدة مرات حتى حفظهما خليل؛ وبعد مضي عشر دقائق شعر خليل أنه يجب أن يغادر المكان قبل أن ينكشف أمره.

رجع خليل من الطريق الذي أتى منه متجهاً نحو باب النفق. انتابه القلق خشية أن يكشف الحارس أمره!... قد يلاحظ سرعة خروجه من المكان، فلم يمكث خليل أكثر من عشر دقائق!... ولكن، لم يكن لديه خيار آخر. بدأ يفكر فيما يقوله للحارس إذا سأله عن

سبب خروجه المبكر؛ فأخذ يستعرض الحجج حتى وصل إلى الباب ولم يستقر على حجة معقولة. "من حسن الحظ أنه رجل واحد، لن يستطيع التغلب عليّ بمفرده، إذا صوّب بندقيته نحوي، فسأهجم عليه". أخذ يفكر خليل وقد بدأ يسمع صوت خطوات خلفه متجهة نحو الدرج. اقترب من الباب فأخذ الحارس يتجه هو الآخر نحو الباب. "هل يريد منعي من الخروج؟" تساءل خليل حتى جاءته الإجابة عندما وصل إلى الباب ووجد الحارس يفتحه له. خرج خليل؛ وما أن قفل الباب خلفه حتى أخذ يسرع نحو قصر الضيافة.

لم يدرك خليل مدى تهور ما فعل إلا عندما رجع إلى جناحه، وأخذ يفكر في مجريات ما حدث. كان من الممكن أن ينكشف أمره في أية لحظة لولا ستر الله، عندها لا يدري ما الذي كانت ستفعله تلك الجماعة فيه، فمن الواضح أنهم كانوا حريصين على سرية لقائهم لدرجة كبيرة. "ولكن من هي تلك الجماعة؟" بدأ السؤال يلحّ على ذهن خليل، ثم تذكر تلك الكلمتين اللتين كانا يكررهما الخطيب، فتعلو الهتافات.

"**حيرام أبيف**"

19

حضر طلعت إلى مطعم الفندق - حيث كان نعيم - وقد بدا عليه الشغف بشكل جعل نعيم يشعر أنه ربما قد وجد شيئاً مثيراً يميط اللثام عن رسالة الدكتور عبد القادر.

- "يبدو أنك توصلت إلى شيء" قال نعيم بلهفة.

- "بل إلى أشياء. نعيم، المسألة أكبر بكثير مما كنت تتوقع... ولكن لا يصلح الحديث هنا".

- "نستطيع الذهاب إلى جناحي. ولكن ما الخطب؛ لقد أثرت فضولي؟"

- "سأخبرك بكل شيء؛ ولكن ليس هنا. فلا أريد أن يسمعنا أحد" قال طلعت وهو ينظر حوله كما لو كان يخشى أن يكون مراقباً.

قاد نعيم طلعت إلى جناحه، المكوّن من غرفة نوم وصالة جلوس منفصلة، وهو يسابق الثواني والخطوات حتى يصل ويستمع إلى ما توصل إليه طلعت من أمر كبير، على حدّ قوله.

- "ها قد وصلنا، هل يمكن أن تخبرني الآن إلى ماذا توصلت؟" قال نعيم وقد ملأه الفضول.

- "نعيم، هل تذكر اسم الرجل الذي زار الدكتور عبد القادر في تلك الليلة؟"

- "قلت لك لم يخبرني بشيء؛ سوى أنه مدير قسم التاريخ بالمعبد".

- "المعبد؟" تساءل طلعت.

- "هكذا تساءلت أنا الآخر، ولكنه أوضح بعد ذلك أنه يقصد

المركز العربي للبحوث والدراسات... الحروف الأولى من الاسم".

- "غريب!... لم أسمع أحد يطلق عليه ذلك الاختصار... على أية حال لا أعتقد أن المدير الحالي هو المقصود، فهو لم يستلم المنصب إلا الاثنين الماضي".

- "بعد وفاة الدكتور عبد القادر بيوم" ردّد نعيم متفقاً مع طلعت. "ولكن ماذا عن المدير السابق؟"

- "هنا بيت القصيد... لقد توفي الدكتور أحمد عبد الوارث قبلها بيوم".

- "ماذا؟" تساءل نعيم بدهشة.

- "ليس هذا فقط، الأغرب من ذلك هي الطريقة التي مات بها، لقد وُجد مشنوقاً في منزله". هنا كانت دهشة نعيم قد وصلت إلى ذروتها.

- "نفس اليوم ونفس الطريقة التي مات بها الدكتور عبد القادر" ردّد نعيم.

- "أنا لا أعتقد أن ذلك كان اليوم العالمي لانتحار المؤرخين... نعيم، أن ينتحر عالما تاريخ في نفس اليوم ذلك أمر مريب. ولكن أن ينتحر ثلاثة تربطهم علاقة غير مباشرة في نفس اليوم فذلك أمر خطير يجعلني أُعيد تقييم الأمور كلها" قال طلعت بنبرة جادة.

- "ثلاثة؟ تقصد اثنين".

- "بل ثلاثة...عندما كنت في مدينة تورونتو الكندية لتغطية مؤتمر الدول الثمانية، كنت قد التقيت صديقاً قديماً يدعى موشي جولد. أخبرني عن أمر أدهشه كان قد اكتشفه صدفة؛ يخص جد موفاز حاييم وزير خارجية إسرائيل. الشاهد في الموضوع أن موشي وُجد منتحراً في منزله مساء السبت".

- "مساء السبت بتوقيت تورونتو... صباح الأحد في المغرب

ومصر" ردّد نعيم، الذي بدأ يدرك سرّ دهشة طلعت. "ولكن ما علاقة موت صديقك بالدكتور عبد القادر ومدير قسم التاريخ؟"

- "لست متأكداً بعد؛ ولكن لا يمكن أن تكون المسألة مجرد صدفة. الثلاثة لهم علاقة ببعض بطريقة مباشرة أو غير مباشرة... نعيم، الأمر أعقد بكثير مما تخيلت".

ساد الصمت المكان؛ ونعيم يفكر في ما سمع من طلعت محاولاً أن يجد لنفسه تفسيراً لما حدث؛ ولكن دون جدوى. الأمر كان أعقد من أن يكون مجرد مصادفة، ولكن ما الذي يجعل ثلاثة أشخاص في بقاع مختلفة من العالم يقدمون على الانتحار في نفس الوقت تقريباً؟ ألحّ السؤال نفسه على نعيم دون أن يجد له إجابة منطقية ترضيه؛ فأخذ يسترجع مرة أخرى ذكريات ذلك اللقاء الأخير مع الدكتور عبد القادر. حدّثه عن الكتاب الذي أعدّ له عن أواخر عهد الخلافة العثمانية وعلاقتها بالاتحاد والترقي. كان الحماس يغمره وهو يتحدث عما سيحويه الكتاب، ثم ذكر له جده خليل، وفاجأه بأنه كان في مجلس المبعوثان في أواخر عهد السلطان عبد الحميد الثاني. كان الدكتور عبد القادر يتمتع بوهجه المعتاد، إلى أن عاد من لقاء ذلك الزائر. "مدير قسم التاريخ بالمعبد"؛ كان ذلك كل ما قاله عن ذلك الرجل الذي أخبره بنبأ وفاة أحد زملاءه.

- "طلعت، هل تدري إن كان قد توفي أحد العاملين بالمركز العربي للبحوث والدراسات منذ أسبوعين أو أكثر؟"

- "أستطيع أن أسأل لك، ولكن فيما تفكر؟"

- "هناك حلقة مفقودة في الموضوع؛ وأشعر أن الحلقة لها علاقة بذلك الرجل الذي زار الدكتور عبد القادر والخبر الذي أبلغه إياه. ما لا أفهمه إن كان الزائر هو أحمد عبد الوارث، فمتى عاد إلى القاهرة؟ ولماذا انتحر هو الآخر؟ ألا ترى معي أن الفترة الزمنية كانت ضيقة؟"

نظر طلعت إلى نعيم وهو يتأمل سؤاله. نعيم على حق، الرجل زار الدكتور عبد القادر مساء السبت في الرباط، ثم وُجد مشنوقاً فجر الأحـــد في منزله بالقاهرة. هل يعقل أنه في غضون يوم واحد رجع إلى القاهرة ثم قرّر الانتحار؟! وهل الذي ينوي الانتحار يسافر لمقابلة زميلاً له ويخبره بوفاة زميل آخر؟

– "هـــل تقصد أن الذي زار الدكتور عبد القادر ليس أحمد عبد الوارث؟ ولكنك قلت إن الزائر كان مدير قسم التاريخ".

– "هـــذا ما قاله لي الدكتور عبد القادر، ولكن ربما كان يقصد شخصاً آخر".

– "أو ربمـــا كـــان يـــريدك أن تعتقد أنه هو الدكتور أحمد عبد الوارث". قفز طلعت من مكانه مع جملته الأخيرة؛ وقد بدا الوهج في عينـــيه كأنـــه اكتشف سراً من أسرار الكون. "نعيم، أنا ذاهب لمقابلة زوجة أحمد عبد الوارث، هل تريد الذهاب معي؟"

– "الآن دون موعـــد؟" تســـاءل نعيم الذي لم يفهم سرّ الحماس المفاجئ لطلعت.

– "ســـأكلمها عـــبر الجـــوال ونحـــن في الطريق، ولكن عندي إحساس أن ما ستتنبئنا به سوف يكشف جانباً من هذا الغموض".

* * *

– "هـــل يمكن لك أن تخبرني فيما تفكر؟" سأل نعيم طلعت الذي فرغ من مكالمة السيدة كوثر المحلاوي.

– "نعيم، ماذا لو كان الدكتور عبد القادر دبّر لقائك بي، وأرادنا أن نقـــابل الدكتور أحمد عبد الوارث لأمر ما؟" سأل طلعت وهو يقود سيارته عبر شوارع القاهرة، متجهاً نحو منزل كوثر المحلاوي.

– "لا أفهـــم مـــاذا تريد أن تقول. حديثك أصبح مليئاً بالطلاسم؛ تمامـــاً مـــثل رســـالة الدكتور عبد القادر. هل يمكن لك أن تخبرني

بوضوح ما الذي تريده من زوجة أحمد عبد الوارث؟"

- "أريد أن أكشف طلاسم رسالة الدكتور عبد القادر، هل تريدني أن أكون أوضح من ذلك؟ نعيم، الدكتور عبد القادر أراد أن يخبرك أمراً، ولكن بطريقة غير مباشرة. شيء قد جرى مباشرة قبل وفاته مما جعله يرغب في البوح لك بأمر ما على عجل. ولكن يبدو أنه كان متخوفاً من أن ينكشف ذلك الأمر الذي أراد البوح لك به".

- "طلعت، عن ماذا تتحدث؟ نحن لسنا في فيلم بوليسي".

- "تأمل جيداً ما حدث منذ زيارة ذلك الرجل للدكتور عبد القادر!"

- "أحمد عبد الوارث مدير قسم التاريخ".

- "لا أدري إن كان هو نفسه ذلك الزائر، ولكنه حتماً الرجل المقصود".

- "عدت للطلاسم" قال نعيم مظهراً عدم فهمه لما يلمح له طلعت.

- "نعيم، لا تنظر إلى الأمور بنظرة ضيقة؛ وإلا ستبدو لك وكأنها طلاسم. كن على استعداد لتقبل جميع الاحتمالات مهما بدت غريبة وغير معقولة. والآن فلنعد إلى تأمل الأحداث بعد زيارة ذلك الرجل. الدكتور عبد القادر - على حدّ قولك - أصبح مضطرباً، شاحب الوجه بعدما كان مليئاً بالحماس وهو يحدثك عن آخر مشاريعه الكتابية. وفي اليوم التالي تحاول الاتصال به؛ فلا تجده ولا يرد على مكالماتك. تذهب إلى منزله في اليوم الذي يليه فتجده مشنوقاً. وفي نفس اليوم، بل في نفس الساعة تقريباً، ينتحر كل من الدكتور أحمد عبد الوارث مدير قسم التاريخ، الذي أشار الدكتور عبد القادر أنه الزائر - دون ذكر اسمه صراحة، وموشي جولد الذي كان متحمساً هو الآخر لاكتشافه أمراً ما يخص جد وزير خارجية

إسرائيل. بعد ذلك تكتشف رسالة غريبة غير مفهومة بعثها إليك الدكتور عبد القادر قبل وفاته بيوم، من ضمن محتوياتها ذكر اسمي، وأنا الذي لم ألتقه من قبل؛ بل إن صلتي الوحيدة به هو أنني حاولت إجراء مقابلة معه منذ سنة؛ بخصوص تحقيق كنت قد أجريته حول المركز العربي للبحوث والدراسات؛ بصفته أحد المؤسسين، وقد رفض إجراء الحوار. ألست معي أن هذه الأحداث لها صلة بتلك الزيارة الغريبة؟"

– "إذاً أنت تشك في أن يكون أحمد عبد الوارث هو ذلك الزائر، وتعتقد أن الدكتور عبد القادر ذكر المركز العربي للبحوث والدراسات ومدير قسم التاريخ لأنه أراد الإشارة إليهما لأمر ما".

– "تماماً، مثلما أشار إليَّ في رسالته. يبدو أن الدكتور عبد القادر قد شعر بدنو أجله؛ فأراد أن يوصل إليك رسالة لا يفهمها أحد غيرك".

فزع نعيم من جملة طلعت الأخيرة، فقد أدرك ما كان يقصده.

– "تقصد أن الدكتور عبد القادر ربما لم يمت منتحراً؟"

– "نعم، ماذا لو أن الدكتور عبد القادر، والدكتور أحمد، وموشي جولد جميعهم قتلوا ولم ينتحروا!"

أدرك نعيم في هذه اللحظة أن الأمور قد بدأت تأخذ مساراً آخراً!

20

على الرغم من دهشتها، فلم تمانع كوثر المحلاوي من طلب طلعت أحمد نجاتي، الصحفي الذي قرأت له الكثير من التحقيقات المثيرة، والذي طلب مقابلتها لأمر هام يخص زوجها المنتحر. لم تمانع كثيراً السيدة كوثر من مقابلة طلعت أو أي شخص يستطيع أن يكشف النقاب عن سرّ انتحار زوجها. كانت تريد أن تتحدث مع من يخبرها بأن خلافها الأخير معه لم يكن هو السبب، وأنها لو لم تترك المنزل غاضبة لما جرى ما جرى. كانت تريد من يخلصها من ذلك الشعور المرير بالذنب. ولكن ما علاقة زوجها بطلعت؟! فعلى حدّ علمها؛ لم تربطهما سابق معرفة.

اتجهت كوثر نحو الباب بعد سماعها رنين الجرس، "لا بد أنه طلعت نجاتي".

– "السلام عليكم، البقية في حياتك... أشكر لك السماح بمقابلتك، أنا ورفيقي نعيم الوزان، في هذه الظروف الصعبة التي تمرين بها" قال طلعت لكوثر بعد أن فتحت له الباب وعرّف بنفسه وبنعيم.

– "حياتك الباقية... تفضل".

دخل طلعت ونعيم إلى صالة الضيوف، وراء كوثر المحلاوي وقد بدا عليها التماسك بالرغم من الحزن الواضح في عينيها. شعر نعيم بحرج شديد وهو يدخل الشقة ليقتحم خلوة امرأة قد توفي زوجها منذ أسبوع فقط؛ ولكن تأويل طلعت للأحداث جعله يريد أن يصل إلى الحقيقة ولو تسبب ذلك في بعض الحرج.

– "سيدة كوثر... لن نطيل عليك؛ نحن نقدّر الظروف التي

تمرين بها، ولكن سبب مجيئنا هو أن السيد نعيم الوزان كان يبحث عن زوجك لأمر يخص صديقاً مشتركاً بينهما؛ وفوجئنا اليوم بخبر وفاة الدكتور أحمد".

نظرت كوثر إلى نعيم ثم بادرت بالسؤال:

– "من هو ذلك الصديق المشترك؟"

– "في الحقيقة أنا لا أريد أن أثقل عليك ولكن..." شعر نعيم بحرج شديد وهو لا يعرف كيف يبدأ بالسؤال عن زيارة الدكتور أحمد للدكتور عبد القادر في الرباط. "هل سمعت بالدكتور عبد القادر بنوزّاني؟"

– "بالطبع، هو من أصدقاء أحمد المقربين. كانا دائماً على اتصال حتى زيارتهم إلى المدينة المنورة منذ نحو شهر، ثم انقطع الاتصال... ولكن ما سرّ الاهتمام بعلاقة أحمد بالدكتور عبد القادر؛ فلست أول من يستفسر عن هذه العلاقة؟"

– "عفواً... هل قلت إن المرحوم زار المدينة مع الدكتور عبد القادر منذ شهر؟" تساءل نعيم بدهشة، ثم نظر إلى طلعت الذي كان يتأمل الحديث وآثر الصمت.

– "نعم، كانا يبحثان موضوع كتاب مشترك عن شيء يخص المدينة، هكذا قال لي أحمد".

– "قلت إن الاتصال انقطع منذ شهر... ألم يذهب زوجك إلى المغرب قريباً؟"

– "لا، أحمد لم يسافر إلى المغرب قط. بل إن آخر سفرة له كانت رحلته تلك إلى المدينة".

كانت دهشة نعيم في ذروتها لما سمعه من كوثر المحلاوي. إذا لم يكن الدكتور أحمد عبد الوارث هو ذلك الزائر! فلماذا أخبره الدكتور عبد القادر أن الزائر هو مدير قسم التاريخ بالمركز العربي

للبحوث والدراسات؟!

صمت نعيم برهة ليستوعب ما قد سمع، وأخذ طلعت يستكمل الحديث.

- "هل تذكري الموضوع الذي كانا يبحثانه في المدينة المنورة؟"

- "لقد ذكر لي أحمد مرة الموضوع؛ ولكني نسيته، هو موضوع غريب لم أسمع به من قبل. قال إنه يتعلق بهجرة أهل المدينة، ومجاعة في زمن الأتراك... سفر... لا أذكر".

- "سفربرلك" قال نعيم مدركاً إلى ماذا تشير كوثر.

- "نعم، هو ذاك – سفربرلك" قالت كوثر ثم نظرت إلى طلعت "أستاذ طلعت، لقد أفهمتني، عند محادثتك لي، أن لديك معلومات جديدة عن وفاة زوجي، ولذلك وافقت على المقابلة وأنا في هذه الظروف الصعبة، ولولا تقديري لك كصحفي متميز يحترم كلمته لما استقبلتك أنت ورفيقك اليوم. أرجوك إن كان عندك شيء فأريد سماعه. هل كان أحمد يعاني من مشاكل في العمل؟ هل خلافي معه في الفترة الأخيرة زاد الضغط عليه فلم يحتمل؟ أرجوك أريد أن أفهم لماذا فعل ما فعل؟" ثم أجهشت بالبكاء غير متمالكة نفسها.

- "لا تحمّلي نفسك ما لا ذنب لك فيه. أنت غير مسؤولة عما حدث. قد لا يكون عندي لك الجواب الشافي عن تساؤلاتك؛ ولكني أعدك أنني حينما أصل إلى الحقيقة ستكونين أنت أول العارفين".

- "أشكرك، ولكن منظر أحمد حينما دخلت إلى المنزل ووجدته في المكتب... المنظر لا يفارق خيالي... ذلك الرداء الأبيض وصدره المكشوف...".

- "عفواً". فجأة قاطع نعيم كوثر وهي تصف الحال الذي وجدت زوجها عليه. "هل وجدت الدكتور أحمد مشنوقاً في مكتبه، مرتدياً رداء أبيض، مكشوف الصدر والساق اليسرى؟"

- "كيف عرفت أن ساقه اليسرى كانت مكشوفة؟ أنا لم أذكر ذلك" قالت كوثر بدهشة. في نفس الحين نظر طلعت إلى نعيم مندهشاً هو الآخر؛ من أين جاء بتلك المعلومة الدقيقة.

- "سيدة كوثر، أنا آسف على إزعاجك؛ ولكن أعتقد أننا يجب أن ننصرف ونتركك لكي ترتاحي". ما أن أكمل نعيم جملته حتى قام واتجه نحو الباب مصطحباً طلعت الذي بدأت دهشته تزيد؛ ليس من موقف نعيم فقط، ولكن من الوصف الذي كان عليه جثمان الدكتور أحمد بعد شنقه... الرداء الأبيض... الصدر والساق اليسرى المكشوفان... ذلك الوصف قد مرّ عليه من قبل... بل هو بعينه!!

ذكّر طلعت وصف الحالة التي وجد عليها جثمان الدكتور أحمد عبد الوارث، بتحقيق كان قد أجراه منذ بضع سنين عن جماعة هي من أكثر الجماعات سرية في العالم. جماعة ما كان ليخطر على باله أن تكون لها علاقة فيما يحَدث!

21

في ضاحية من ضواحي لندن، دخلت سيارة جاكوار إلى قصر كبير محاط بأرض شاسعة لا يوجد بالمقربة منه أي بنيان. توقفت السيارة، وخرج منها رجل ذو ملامح شرقية ودخل القصر، واتجه نحو قاعة مطلة على الحديقة الخلفية. كان صاحب القصر في القاعة؛ يتمتع بشاي بعد الظهر مع قطعة من الكعك الإنكليزي.

– "هل استقرت الأمور؟" سأل صاحب القصر الرجل ذو الملامح الشرقية.

– "نعم، ولكن هناك مشكلة بسيطة... لقد تسربت رسالة، ما كان ينبغي لها أن تتسرب، عبر البريد الإلكتروني الخاص بعبد القادر بنوزّاني".

– "كيف حدث هذا؟ ألم تكن التعليمات واضحة؟" سأل صاحب القصر بحزم.

– "بلى، ولكن المراقب لم ينتبه لأهمية الرسالة، وظنّ أنها مجرد...".

– "ما نص الرسالة؟" سأل صاحب القصر مقاطعاً.

أخرج الرجل من جيبه حاسباً آلياً كفياً وأخذ يقرأ منه:

– "عزيزي نعيم... لقد سعدت بلقائك البارحة؛ فقد كانت أمسية جميلة قضيتها في حوار معك لا يمل... لا أدري إن كنا سنلتقي مجدداً أم لا، فهناك الكثير من المواضيع التي كنت أودّ التحدث فيها معك؛ ولكن يبدو أنه لا نصيب لي في ذلك... في الختام أقرأك السلام... تحياتي إلى طلعت أحمد نجاتي... ورحم الله جدك خليل

256 - 114/2... عبد القادر بنوزّاني 8 - 114/2".

- "لمن أرسلت هذه الرسالة؟"

- "لرجل أعمال سعودي يدعى نعيم عبد الله خليل الوزان، تربطه صلة صداقة مع عبد القادر بنوزّاني منذ أن كان يدرس في جامعة الملك سعود بالرياض. ما أقلقني أن هذه الرسالة أرسلت قبل الحادث بيوم بعد زيارة الرجل".

- "عبد القادر كان رجلاً ذكياً جداً، لا يخطو خطوة إلا وقد درسها جيداً. توقيت هذه الرسالة يعني أنه شعر بدنو أجله، فأراد أن ينقل معلومة ما لذلك الشخص... نعيم... هل توصل إلى طلعت نجاتي؟"

- "نعم توصل إليه".

- "لم أقابل في حياتي رجلاً بذكاء عبد القادر. ضمن سلامة صاحبه بإرساله لذلك الصحفي المشاكس". قام صاحب القصر ثم اتجه نحو زاوية بها دولاب مرطب يحتفظ فيه بأفخر أنواع السيجار الكوبي. فتحه وأخرج منه سيجار كوهيبا ثم أشعله. أخذ منه شفطة عميقة، ثم بدأ يركّز بصره نحو الحديقة في حالة من التأمل.

- "من معرفتي بطريقة تفكير عبد القادر، هذه الرسالة بها إشارات لن يفهمها سوى متلقيها، كهذه الأرقام التي قرأتها في نص الرسالة" قال صاحب القصر بعد صمت قصير.

- "إلى الآن لم يستطع المحللون معرفة معنى هذه الأرقام... قد تكون رقم قفل خزانة ما، أو تاريخاً مبهماً، أو...".

- "ماذا عن خليل المذكور في الرسالة؛ من هو؟" سأل صاحب القصر مقاطعاً.

- "كما هو واضح في الرسالة... جد نعيم الوزان... توفي منذ زمن".

- "ولكن ذكره في الرسالة ليس له سياق... هذا أسلوب عبد القادر في لفت الانتباه إلى أمر ما". فجأة استدار صاحب القصر نحو الرجل؛ وبنبرة حازمة قال: "أريدك أن تجلب لي معلومات عن خليل الوزان... كل صغيرة وكبيرة تتعلق به. هدف الرسالة هذه هو الإشارة إلى أمر ما يخصه. لا بد لنا أن نعرف ما هو ذلك الأمر!"

22

كان الصمت هو السائد على نعيم وطلعت الذي كان يقود سيارته متجولاً في شوارع القاهرة دون وجهة محدّدة. كلاهما كان يفكر في الحديث الذي دار مع كوثر المحلاوي؛ الذي ما أن أضاف الضوء على جانب من الأحداث حتى أضفى الغموض على جوانب أخرى. بالنسبة لطلعت كانت ظنونه حول وجود مؤامرة خفية وراء الأحداث تتأكد مع كل اكتشاف جديد؛ أما نعيم، الذي لا يركن كثيراً إلى نظرية المؤامرة في تفسير الأحداث، فقد بدأ يظن أنه ربما يكون طلعت قد لامس الصواب في هذه المسألة بالذات.

– "كيف عرفت أن جثمان الدكتور أحمد كان مكشوف الساق اليسرى؟" سأل طلعت بعد مضي دقائق وهو يحاول استيعاب ما سمع من كوثر ونعيم.

– "عندما بدأت السيدة كوثر تصف الحال الذي وجدت عليه جثمان زوجها، كأنها كانت تصف جثة الدكتور عبد القادر. التشابه ليس فقط في طريقة وتوقيت الوفاة؛ ولكن أيضاً في التفاصيل الدقيقة. الأمر غريب جداً؛ أنا لم أرَ أو أسمع، في حياتي، بشيء كهذا".

– "أنا سمعت" قال طلعت بتردد ثم أكمل: "هذا الوصف، الذي وصفته أنت والسيدة كوثر، قد مرّ عليَّ من قبل".

– "ماذا؟" سأل نعيم بتعجب. "كيف؟"

– "منذ عدة سنوات ألّفت كتاباً عن الجماعات السرية في مختلف بقاع العالم. بعضها قد سمع عنها الكثير والبعض لم يسمع بها سوى عدد قليل من الناس. أحد هذه الجماعات تدشن أعضاءها الجدد

عبر جعلهم يرتدون رداء أبيض كاشفاً عن صدرهم وساقهم اليسرى، ويلفّ حول أعناقهم حبل مشنقة. على هذا الشكل يقسمون قسم الولاء للجماعة التي تنذر العضو الجديد أن مصيره سيكون الموت شنقاً بنفس ذلك الحبل إذا خان أو أفشى سراً من أسرارهم".

- "طلعت، ما هذا الذي تتحدث عنه؟" بدأ نعيم غير مصدق ما يسمع. "هذا أشبه بالقصص البوليسية منه إلى الواقع، ثم لا يمكن أن يكون الدكتور عبد القادر له علاقة بمثل هذه الأمور... هذا خيال؛ لا يمكن!"

- "وهل تعتقد أن ما شاهدته أنت وسمعت إلى الآن؛ هو أمر طبيعي يحدث للجميع؟" قال طلعت مقاطعاً، ثم أكمل: "نعيم، يجب أن لا نغلق عقولنا عن جميع الاحتمالات، فعدم فهم الأمر لا ينفيه. هل إذا ذهبت إلى رجل في قرية نائية معزولة عن العالم، ووصفت له جهازاً - لم يسمع به من قبل - يستطيع من خلاله أن يرى العالم وأحداثه في لحظة وقوعها، ما تظنه قائلاً عنك؟ سيقول إنك مجنون، ولن يصدقك؛ ولكن هل عدم معرفته بالتلفاز ينفيه؟ هناك الكثير من الأمور التي تدور من حولنا دون أن ندري شيئاً عنها. مع الأسف؛ أغلب الناس يعيشون حياتهم، يصرفون جلّ اهتمامهم إلى الأكل والشرب والراتب والمسكن، وغيرها من أمور الحياة الخاصة، ولا ينظرون إلى الصورة الكبرى من مجريات الأمور؛ والنتيجة أن العالم يتغير من حولهم وهم لا يدركون".

- "طلعت... أنا لم أقصد التشكيك فيما تقول؛ ولكن الدكتور عبد القادر كانت له معزّة خاصة في قلبي. كنت أعتبره بمثابة أبي. ما حدث له كان فاجعة لي، والآن أنت تشير إلى أنه ربما كان منتمياً إلى جماعة سرية قد تكون هي السبب في وفاته، هذا أمر ليس بالسهل عليَّ أن أتقبله... لكن إذا كانت هذه الجماعة سرية كما تقول؛ فكيف عرفت أنت عنها هذه التفاصيل؟" سأل نعيم، وقد بدأ - إلى حدٍّ

ما – يتقبل ما يقوله طلعت؛ خصوصا أنه إلى الآن لم يستطع أن يتوصل إلى تفسير آخر لما حدث.

– "هذه الجماعة بالرغم من سريتها إلا أنها معروفة لدى الكثير؛ خصوصاً بعدما كتب عنها بعض المنتمين السابقين إليها".

– "عن أية جماعة تتحدث؟"

– "جماعة البنائين الأحرار... المعروفة بالماسونية".

كان وقع الاسم على نعيم كالصاعقة. لقد سمع كغيره بالماسونية، بل إنه قد تعرّف إلى بعض المنتمين للماسونية في بعض دول العالم التي بها محافل معلنة. كانت رؤيته للماسونية أنها مجرد أكذوبة كبيرة يستخدمها بعض الكتّاب لإلقاء مشاكل العالم عليها، وما الماسونيون إلا جماعة من الناس يجتمعون كل حين وآخر لكي يحتفلوا ويمرحوا؛ مدّعين التآخي بينهم.

– "لا تستغرب، فبالرغم من أن الكثير قد سمع عن الماسونية، إلا أن المعروف عنهم ما هو إلا نقطة في بحر. بل إن الكثير من المنتمين إلى تلك الجماعة لا يدركون حقيقتها".

– "ولكني لم أسمع قط عن شخص قتل بهذه الطريقة؛ سواءً كان منتمياً إلى الماسونية أو لا. لقد قلت أنت بنفسك إن بعض المنتمين السابقين هم الذين أفشوا بعض هذه الأسرار؛ كطريقة تنصيب الأعضاء الجدد، فهل وجدوا هؤلاء مشنوقين؟"

– "لا... في هذه معك حق وهنا تكمن غرابة الموضوع. ولكن يجب عليك أن تفهم أمراً؛ وهو أن أغلب من كتب عن الماسونية لم يصل إلى أعلى الهرم التنظيمي. الماسونية بها ثلاث وثلاثون طبقة. الطبقات الثلاثة الأولى هي المعروفة إلى حدٍّ ما، وأغلب من يدخل في الماسونية لا يعتقد إلا بوجود الطبقات الثلاثة الأُول؛ وقد لا يتعداها. الطبقة الرابعة فما فوق، لا يدخلها ويعرف أسرارها إلا

القلة. الذي كتب عن أسرار الطبقات الثلاثة الأُول؛ لم يفشي سراً خطيراً يستحق القتل. ولكن ما حدث للدكتور أحمد والدكتور عبد القادر شيءٌ مريب. لا يمكن أن يكون هذا التشابه مع الطقوس الماسونية مجرد مصادفة".

– "ولما الرداء الأبيض وكشف الصدر والساق اليسرى؟"

– "هو رمز للطريقة التي قتل بها معلمهم الأكبر؛ الذي يدّعون أنه بنى هيكل سليمان. لقد رفض إفشاء سرّ البناء لبعض الخونة؛ فكانت النتيجة أنه بعد عراك أسفر عن تمزيق ثيابه على هذا النحو، تمكنوا منه وشنقوه. فمات دون أن يفشي سرّ البناء. من هنا جاء اسم الماسونية؛ والتي تعني البناء، نسبة إلى من يعتقدون أنه البناء الأعظم، حيرام أبيف".

– "حيرام أبيف" ردّد نعيم.

– "نعم هذا كان اسمه كما يدّعي الماسونيون".

أدار نعيم رأسه نحو النافذة الجانبية للسيارة التي كانت في هذه الأثناء تجوب شوارع القاهرة دون وجهة محدّدة. تسير كما تسير الكثير من السيارات حوله. ثم أخذ ينظر إلى المارة على الأرصفة؛ لا يدري أيحسدهم على جهلهم أم يشفق عليهم. هل يعقل أن تكون حياة الإنسان ما هي إلا صورة ظاهرة لأحداث تجري من حوله تخبئ ما لا يرى ولا يفقه؟ أيعقل أن تعرف الشخص بعد مماته، ولا تعرفه وأنت قريب منه أثناء حياته؟ بدأ نعيم يراجع جميع ذكرياته مع الدكتور عبد القادر منذ أن تعرّف إليه في الرياض. كل هذه السنين من اللقاءات والمراسلات، ظنّ أنه كان يعرفه جيداً؛ ولكنه اكتشف أنه لم يعرف عنه سوى القشور.

– "تفسيري الوحيد لما جرى للدكتور أحمد والدكتور عبد القادر هو أنهما ربما كانا أعضاء متقدمين في الماسونية؛ وقد تجاوزا

الخطوط الحمراء - أو كادا" قال طلعت ثم صمت قليلاً وهو يحك رأسه، ثم أضاف مستغرباً: "لا بد أن الأمر شكّل تهديداً كبيراً للجماعة؛ وإلا ما كان لهم أن يقدموا على مثل هذا الأمر الخطير. الحق يقال: إنه من النادر أن تقدم الماسونية على قتل أحد بهذه الطريقة".

- "ربما ليست هي التي أقدمت على القتل... ربما من فعل هذا أراد أن يوهم بأن الدكتور أحمد والدكتور عبد القادر كانا ماسونيين وأن الجماعة الماسونية هي التي قتلتهم".

لم يقتنع طلعت برأي نعيم، فهي مجرد محاولة يائسة - كما بدا له - لإسقاط تهمة انتماء الدكتور عبد القادر إلى الماسونية.

- "ولكن لما كل هذا التعقيد؟ وما الهدف من توريط الماسونية؟"

- "لا أدري؛ ولكني لا زلت أستبعد أن يكون الدكتور عبد القادر له علاقة بجماعة كالماسونية".

- "نعيم، مما هو معروف عن هذه الجماعة أنه من الصعب معرفة أعضائها وهم على قيد الحياة. فالسرية التامة التي يحيطون أنفسهم بها تجعلهم مجهولين تماماً؛ ليس فقط لعامة الناس بل حتى لباقي الأعضاء؛ لولا بعض الإشارات والعلامات التي في كثير من الأحيان لا يعرفها إلا هم. ستستغرب لو ذكرت لك بعض الأسماء التي دار حولها الشك وقيل إنها تنتمي إلى الماسونية" قال طلعت وهو يحاول أن يقنع نعيم بتقبل احتمال انتماء الدكتور عبد القادر لهذه الجماعة.

- "إذا كنت تقصد الشيخ جمال الدين الأفغاني والشيخ محمد عبده، فمن المعروف أنهما قد غرر بهما، وسرعان ما انفصلا عن تلك الجماعة بعدما اكتشفا أهدافها السياسية".

- "أنا لم أقصد الشيخ جمال الدين الأفغاني والشيخ محمد عبده،

الذين أقصدهم تردّد عنهم أنهم كانوا من كبار قادة الماسونية. بل إن بعضهم قد نجحوا في تكوين وقيادة دول".

– "من تقصد؟" سأل نعيم متعجباً من كلام طلعت.

– "أقصد الآباء المؤسسين للولايات المتحدة: كجورج واشنطن، وبنيامين فرانكلن، وغيرهما. بل إن عدداً كبيراً من الموقعين على وثيقة الاستقلال الأميركية قد عرف عنهم انتماؤهم للماسونية؛ ففي ذلك الوقت كانت الماسونية في أوج قوتها ونفوذها؛ والانتماء إليها – في ذلك الوقت – لم يكن بالأمر السري كما هو الحال الآن".

ابتسم نعيم متهكماً مما يسمع، ثم قال: "أنت تتحدث الآن كمروّجي نظريات المؤامرة. أميركا دولة ماسونية؟"

– "أنا لم أقل إن أميركا دولة ماسونية، ما قلته إن غالبية الآباء المؤسسين كانوا ماسونيين؛ وهذا ليس رأيي أنا؛ ولكن هذا ما ظهر عندما نشر ماسونيون أميركيون لبعض قوائم الأعضاء؛ وكان منهم من ذكرت... ولماذا نذهب بعيداً، أنظر إلى الدولار الأميركي؛ ألم يلفت انتباهك رسمة الهرم الذي تتوسطه عين ثاقبة؟"

أخذ نعيم يسترجع شكل الدولار الأميركي في ذهنه، ثم أدرك تلك الرسمة الغريبة التي لم يفهمها قط. فما علاقة الهرم بالولايات المتحدة؟

– "نعم، لقد لفتت انتباهي؛ ولكن ما علاقتها بالماسونية؟"

– "هذه من أهم رموزهم المعروفة. وهناك رموز كثيرة أخرى لا يعرفها أحد سواهم... دعك من أميركا، المحفل الماسوني في تركيا قد اعترف بأن بعض كبار حركة الاتحاد والترقي، والتي ظهرت في أواخر عهد الدولة العثمانية، كانوا من مؤسسين المحفل الماسوني في تركيا في عام 1909".

لم ينتبه نعيم إلى جملة طلعت الأخيرة؛ فقد راعه ما ذكر عن

اتخاذ الهرم رمزاً من قبل الماسونية، وعلى الفور خطر على باله القبة الهرمية الغريبة التي رآها في منزل الدكتور عبد القادر. ثم شيئاً فشيئاً أخذت ذكريات أحداث تلك الليلة تنهمر على مخيلته، وأصبح يراها وكأنها حدثت البارحة. تذكّر لقاءه مع أستاذه، ثم بدأ يتذكر الساعات التي لحقت اللقاء. مقهى الهرم الذهبي... الساحة السياسية... البريد الإلكتروني السري... لقد جاءته رسالة الدكتور عبد القادر على ذلك العنوان الذي لا يعرفه أحد... كيف؟... إلا إذا...

- "طلعت، خذنا الآن إلى أقرب فرع للهرم الذهبي" قال نعيم وفي عينه ومضة لم يشهدها طلعت عليه من قبل؛ فلم يتمالك أمامها سوى الاستجابة.

لقد توصل نعيم لأمر ما.

23

1908

ذهب حارس المحفل إلى كبير الحراس لكي يعطيه القائمة كما هو المعتاد بعد كل اجتماع. لم تحوي القائمة سوى عدد الحضور وتوقيت الحضور. لا توجد أسماء؛ فقط عدد الحضور وتوقيت مجيئهم وخروجهم. على امتداد السنين التي عمل فيها الحارس في المحفل، كان هذا التقليد المتبع بعد كل اجتماع يمر بشكل روتيني؛ لدرجة أنه تساءل في عدة مرات بينه وبين نفسه عن جدوى هذا التقليد. لكنه كأحد البنائين الأحرار، تعلّم أن ينفذ الأوامر دون مناقشة، ولولا هذا الانصياع التام؛ لما وصل إلى الدرجة الرابعة بعد سنين من الارتقاء من الدرجة الأولى، إلى الثانية، ثم الثالثة حتى وصل إلى ما لا يصل إليه إلا القلة القليلة؛ تاركاً وراءه جميع أترابه الذين لا يزالون يعتقدون أنهم قد وصلوا إلى أعلى الهرم حينما وصلوا إلى الدرجة الثالثة؛ غير مدركين أن ما بعد ذلك لا يقاس مع ما قبله. ها هو قد بدأ أول خطوات تسلق الهرم للوصول إلى حكمة المعلم الأكبر؛ وكل ذلك بسبب انصياعه التام للأوامر دون مناقشتها.

طرق الحارس على باب مكتب كبير الحرس، الواقع في الدور الأول من المبنى الأثري العتيق الذي لا يبعد كثيراً عن أرقى قصور إستانبول. ذلك المبنى المعروف لدى غالبية سكان عاصمة الخلافة بأنه مقر جمعية مساعدة المحرومين.

– "أدخل" جاء الصوت من الداخل، ففتح على إثرها الحارس الباب ودخل؛ حتى وصل إلى المكتب الذي يجلس عليه رجل حاد الملامح أنيق الملبس في عقده الخامس. وضع الورقة على مكتبه ثم

همّ بالانصراف.

- "ما هذا؟ هل أنت متأكد من الرقم؟" سأل كبير الحرس بنبرة حازمة.

- "نعم سيدي، كان عدد الحضور واحدٌ وخمسون" أجاب الحارس، وقد ذهل من هذا السؤال الذي لم يسمعه من قبل طوال السنوات الماضية.

- "مستحيل! عدد الحضور لا يمكن أن يتجاوز الخمسين" قال كبير الحرس وقد علاه توتر لم يشهده الحارس عليه من قبل.

- "سيدي، أنا متأكد من العدد، حتى أن أحدهم لم يمكث سوى فترة بسيطة ثم انصرف".

ازداد قلق كبير الحرس بعد سماعه ملاحظة الحارس عن ذلك الرجل الذي لم يمكث سوى فترة بسيطة، فلم يكن هذا من عادة أعضاء الدرجة الثلاثين البالغ عددهم خمسين.

- "أوصف لي ذلك الرجل الذي انصرف مبكراً".

- "متوسط الطول، في الأربعين من عمره، كان مرتدياً لباساً عربياً" قال الحارس، وقد بدأ يشعر أن الأمر في غاية الجدية، وأنه ربما أدخل رجلاً ما كان ينبغي له أن يدخل. "سيدي، لقد كان يعرف كلمة السر، قالها دون أدنى تردد".

- "لا عليك... انصرف أنت".

خرج الحارس من الحجرة وقد ملأه القلق مما حدث في مناوبته على حراسة الاجتماع. لقد أدرك أن ما حدث في الليلة السابقة لم يحدث من قبل في تاريخ محفل إستانبول، بل ربما في تاريخ جميع محافل العالم. "يا لحظي التعس. يبدو أنني لن أرى في حياتي الدرجة الخامسة".

احتار كبير الحرس من أمره؛ فمن ذلك الذي استطاع أن يعرف

كلمة السر، ويصل إلى مكان الاجتماع المحاط بأعلى درجات السرية والكتمان. "ماذا عساه سمع ذلك العربي؟ يا له من توقيت سيئ، الآن وقد اقتربت ساعة الصفر. لا بد من إخبار معلم المحفل، قد يستطيع هو معرفة شخصية ذلك الدخيل".

* * *

بالرغم من أن خليل لم يمضِ على قدومه إلى إستانبول سوى يومين، إلا أن ما شاهده وسمعه في هذه الفترة الوجيزة يعادل ما مرّ على سنوات عمره المتجاوزة الأربعين. مؤامرات تحاك لاستنزاع القدس، وأبواب سرية، ودهاليز، واجتماع غريب بلغة غريبة، الدخول إليه بكلمة سر أغرب. "ما الذي يحدث في عاصمة الخلافة؟" كان السؤال الذي ظلّ يفكر خليل في إجابته أثناء سير العربة التي تقله إلى منزل شقيق الشيخ أبو بكر الحسيني. ولكن بالرغم من الغموض المحيط والأسئلة الكثيرة التي لا يجد لها أجوبة، إلا أن خليل كان متأكداً من شيء واحد؛ وهو أن طلعت باشا له علاقة بشكل ما بما شاهد في الليلة الماضية. لقد فضحه ذلك المجسم الهرمي بعينه المطلة إلى نفس الاتجاه الذي تطل إليه عين الهرم الذي يتوسط مكتبة قصر الضيافة. لم يساور خليل الشك في أن يكون طلعت باشا جزءاً من جمعية سرية تتآمر لفعل شيء خطير؛ ولا يستبعد أن يكون يوري بك كوهين من أعضاء تلك الجمعية. بدا الأمر خطيراً لخليل، الذي أخذ يفكر فيما ينبغي له أن يفعل. كان لا بد له أن ينبّه أحداً لما يجري ويحاك، ولكن من؟ لم يكن يثق خليل بأحد في هذه البلاد؛ سوى الشيخ أبو بكر، ولكن الشيخ غريب مثله في هذه البلاد، لا نفوذ له، بخلاف طلعت باشا أحد كبار قادة الاتحاد والترقي الذي أصبح ينافس السلطان عبد الحميد الثاني في إدارة البلاد. فماذا عساه الشيخ أبو بكر أن يفعل؟

* * *

دخل خالد الحسيني، على أخيه الأكبر أبو بكر في قاعة

المعيشة، والتردد يملأه في فتح الموضوع للمرة الثانية بعد النقاش الطويل الذي دار بينهما في الليلة الماضية. وجد أخيه أبو بكر يقرأ من ورده اليومي من القرآن؛ فلم يشأ أن يزعجه، وهم بالخروج عندما أتاه صوت أخيه من خلفه.

- "خالد، هل أردتني في شيء؟" سأل الشيخ أبو بكر وقد شعر أن أخيه يريد فتح موضوع خليل مرة ثانية.

- "أردت تذكيرك بقرب موعد قدوم ضيفك" قال خالد بتردد ملحوظ.

- "كيف أنسى وأنا الذي دعوته، ولكن هل هذا حقاً ما أردتني من أجله؟" سأل الشيخ أبو بكر وهو يعرف الإجابة سلفاً.

- "أخي... أنت تعلم مدى ثقتي برجاحة عقلك وحكمتك، ولكني أخشى أن تكون تسرعت في قرارك بخصوص خليل. أنت لم تلتقِ الرجل منذ سنين. أليس من الأجدى أن ننتظر قليلاً قبل مفاتحته؟"

- "خالد، ثق أني متيقن من إخلاص خليل كتيقني من إخلاصك أنت. صحيح أني لم ألتقه منذ فترة، ولكن أخباره كانت دائماً تصلني. ثق أن الرجل سيكون مكسباً لنا. نحن بحاجة إلى أمثاله، فهو ممن ينطبق عليه قول الله تعالى: ﴿رِجَالٌ لاَ تُلْهِيهِمْ تِجَارَةٌ وَلاَ بَيْعٌ عَنْ ذِكْرِ اللَّهِ﴾.

صمت خالد قليلاً هازاً رأسه كمن بدأ يقتنع، ثم سأل:

- "هل تعتقد أنه سيتقبل ما ستخبره؟"

- "ستؤلمه الحقيقة كما آلمتنا؛ ولكني على ثقة بأنه سيتقبلها كما تقبلناها نحن".

أنهى الشيخ أبو بكر جملته على صوت الخادم؛ يستأذن الدخول من أجل إخبار سيده عن قدوم الضيف المنتظر. أشار عليه خالد الحسيني أن يدخله إلى قاعة الضيوف، ثم همَّ الشيخ أبو بكر لاستقبال خليل الوزان، بينما ظلّ خالد في مكانه منتظراً ما سيسفر عنه اللقاء.

24

إذا أردت أن تستقي الحقيقة من أحداث قد جرت، فعليك أن تتجرد من عاطفتك، وتنزع عنك كل فكر مسبق، وتنظر إلى الأحداث بعين مجردة، وتذكر أنه لا يوجد حادث بلا مقدمات.

تذكّر نعيم تلك الكلمات التي كان الدكتور عبد القادر دائماً يرددها لطلابه مع بداية كل فصل جديد في الجامعة. كان الدكتور عبد القادر يدرك أن نزع العاطفة والفكر المسبق أثناء الحكم على الأمور كان من الصعوبات التي يعاني منها طلابه. بل إنه من الصعوبات التي كان يعاني منها المجتمع ككل - من وجهة نظره. كان نعيم دائماً ما يردّد لأستاذه بأن الإنسان بطبعه كائن تتغلب عليه العاطفة، فكيف يستطيع نزعها في حكمه على الأمور. "كيف نستطيع تقبل ما تقوله عن سلبيات الحضارة الإسلامية؟ كيف نستطيع أن نتقبل أن صلاح الدين القائد العظيم، الذي استعاد القدس، أسَّس دولة ملكية قائمة على تمركز السلطة في نسله؟ كيف نستطيع تقبل ما تقوله بأن استبداد بعض الخلفاء، بعد انتهاء الدولة الراشدة، هو ما منع الفقهاء من بحث الجانب السياسي في الشريعة وأصول الحكم، والتركيز على جوانب الطهارة وما شابهها؛ مما لا يشكل تهديداً لسلطة الخليفة؟ نحن أمة مهزومة؛ فإذا شككنا في تراثنا الحضاري فماذا يبقى لنا؟"

كان الدكتور عبد القادر يردّ على تساؤلات نعيم بنفس الإجابة. "الله أكمل لنا ديننا؛ ولكنه لم يكمّل البشر ولم يقفل عليهم باب الاجتهاد. تذكّر نعيم، أن هناك فرقاً بين الإسلام والمسلمين؛ كما أن هناك فرق بين الدين والحضارة. سلبيات الثاني لا تنعكس على الأول، تذكّر ذلك وأنزع عنك العاطفة إذا أردت أن تفهم وتصل إلى

الحقيقة".

أخذت كلمات الدكتور عبد القادر تراود نعيم الآن أكثر من أي وقت مضى.

* * *

– "نعيم ها نحن قد وصلنا إلى الهرم الذهبي، هل يمكن لك أن تخبرني ما الذي تفكر فيه؟" سأل طلعت وهو يصف سيارته بقرب المقهى الذي كان يعجّ بالزبائن كعادته.

خرج نعيم من السيارة بعد توقفها، ثم اتجه إلى داخل المقهى، وخلفه طلعت الذي كان في حيرة من رغبة نعيم المفاجئة في الذهاب إلى مقهى الإنترنت الشهير. ومما زاد من حيرة طلعت صمت نعيم وعدم إفصاحه عما يدور في باله. لم يستصغ طلعت إحساس الأطرش في الزفة.

دخل نعيم المقهى؛ ولكنه لم يتجه إلى ركن الحاسب الآلي؛ بل استمر في سيره إلى باب في الخلف مكتوب عليه "الإدارة". فتح نعيم الباب، واتجه إلى الداخل على مرأى من طلعت؛ الذي قرّر أن يتجه إلى ركن قد خلى لتوه وأن يحجزه قبل أن يحتله غيره؛ فلا يجد هو ولا نعيم مكاناً يجلسان فيه. كان المكان مزدحم بالشباب والشابات؛ متناثرين حول المقهى في مجموعات تتفاوت أعدادها. لم يكن جميعهم يستخدمون الإنترنت؛ فبعضهم قد جاء من أجل مجالسة الأصحاب والصاحبات. كانت الضحكات تعلو كل حين وآخر من عدة اتجاهات. طلعت كان الوحيد الجالس بمفرده يحتل مكاناً يكفي لعدة أشخاص؛ لاحظ هو ذلك عندما دخلت مجموعة من ثلاثة شابات وشابين وأخذوا يبحثون عن مكان ليجلسوا فيه؛ فلم يجدوا غير الزاوية التي كان يستحوذ عليها طلعت. كانت نظرتهم إليه كأنها تقول "ما الذي أتى بك إلى هنا بمفردك؛ فهذا المكان ليس لأمثالك؟!" لأول مرة في حياته شعر طلعت وكأنه سمكة نهر وضعت في ماء مالح.

كل الذي دار في خاطر طلعت في هذه اللحظة "ما الذي جعلني أتبع الوزان إلى الداخل".

غاب نعيم دقائق، ثم خرج من الباب الذي دخل منه، فاتجه نحو الخارج ممسكاً بجواله، غير منتبه لطلعت، الذي ظلّ ينادي عليه دون جدوى وقد استبدل الغيظ شعوره بالدهشة، فترك المكان الخاوي الوحيد في المقهى، واتجه خلف نعيم إلى الخارج مصمماً هذه المرة على الحصول على إجابة.

- "أحسنت يا مصطفى.. مع السلامة". فرغ نعيم من مكالمته ثم استدار يبحث عن طلعت، الذي خرج لتوه من الهرم الذهبي والشرر يتطاير من عينيه.

- "ما الذي يحدث؟ أنا أشاركك ما أعلم، وأنت تتجاهلني كما لو أني غير موجود... إذا لم تكن في حاجتي الآن أخبرني؛ فلديَّ الكثير من الأعمال؟" بدأ طلعت حديثه بنبرة غضب، ولكن سرعان ما قاطعه نعيم.

- "لقد خدعت... الأمر كما قلت أنت؛ عندما خاطبتني على الجوال، أخطر بكثير مما توقعنا".

- "ماذا؟" سأل طلعت، وقد ذهب الغضب وعادت الدهشة.

- "دعنا نذهب إلى مكان آخر وسأخبرك بكل شيء" قال نعيم وهو يتجه نحو سيارة طلعت.

انتظر نعيم حتى تحركت السيارة، وقد رتّب تفكيره في الأثناء، ثم أكمل حديثه:

- "مع سرعة الأحداث؛ كنت قد نسيت أمراً حيّرني في بادئ الأمر".

- "أي أمر هذا؟" تساءل طلعت.

- "البريد الإلكتروني الذي أرسلت عليه الرسالة".

- "لا أفهم... ما الغريب في أمر البريد الإلكتروني الذي أرسلت عليه الرسالة".

- "الغريب أن عنوان البريد الإلكتروني الذي أرسلت عليه الرسالة لا يعرفه أحد. بل إنه مسجّل باسم مستعار أستخدمه للمشاركة في الساحات السياسية دون الإفصاح عن اسمي الحقيقي. كيف استطاع الدكتور عبد القادر معرفة ذلك العنوان؟ ولماذا أرسل عليه رسالته وليس على العنوان المعروف لديه، والذي دائماً كنا نتراسل من خلاله؟" تساءل نعيم، ثم أمهل طلعت برهة لكي يهضم الأمر.

- "وما علاقة هذا بالهرم الذهبي؟"

- "كلامك عن اتخاذ الماسونية الهرم كأحد رموزهم؛ ذكّرني بأمرين. الأمر الأول؛ أنه لفت انتباهي في منزل الدكتور عبد القادر قبّة على شكل هرم، كانت هذه أول مرة أرى فيها قبّة بهذا الشكل".

- "نعيم، أنت تؤكد شكي بأن الدكتور عبد القادر كان ماسونياً، فمن المعروف عنهم أنهم يستخدمون رموزهم بشكل يتعرف إليه باقي الماسونيين؛ ولكن في نفس الوقت، لا يكون رمزاً فاضحاً؛ مثل الشكل الهرمي، أو النجمة الخماسية؛ فكلا الرمزين غير خاصين فقط بالماسونية... ولكن ما علاقة هذا بالرسالة؟"

- "العلاقة تكمن في الأمر الثاني... بعدما خرجت من عند الدكتور عبد القادر، طلبت من سائقه أن يأخذني إلى مقهى إنترنت، فأخذني إلى الهرم الذهبي. فجأة تذكرت إصراره على أن يدخل معي وأن يحضر لي حاسباً آلياً محمولاً بنفسه... أذكر جيداً أنني دخلت على البريد السري في تلك الليلة".

- "تقصد أن السائق ربما رآك وأنت تدخل عليه؟"

- "لا، السائق كان قد انصرف... بل أقصد أن الدكتور عبد القادر هو الذي رآني".

لم يفهم طلعت قصد نعيم من جملته الأخيرة، كان ذلك واضحاً على تعابير وجهه.

- "كيف رآك وهو في منزله؟"

- "إذا كان المقهى هو نفسه مقدم خدمة الاتصال على الإنترنت؛ فباستطاعته أن يدخل على أي جهاز لديه، وأن يراقب كل ما يفعله مستخدم الجهاز".

- "لهذا ذهبت إلى الإدارة لكي تتأكد من مقدم الخدمة؟"

- "نعم".

- "ولكن كيف استطاع الدكتور عبد القادر أن يراقب جهازك؟ إلا إذا...". هنا بدأ طلعت يدرك ما أدركه نعيم.

- "إلا إذا كان شريكاً في الهرم الذهبي. لقد طلبت من مدير مكتبي مصطفى أن يأتيني بأسماء الشركاء قبل أن ألقاك اليوم؛ وقد فعل".

- "الدكتور عبد القادر...".

- "هو وفؤاد شوكت وكمال أغلو... المثير أيضاً في الموضوع أن فؤاد شوكت عندما قابلته البارحة؛ سألني عن الصديق الذي حضرت جنازته في المغرب، وعندما ذكرت اسمه تظاهر بعدم معرفته... ما الذي يجعل شخصاً ما ينكر معرفته بآخر؟"

- "إذاً كان يخشى أمراً؟"

- "لا بد أن أقابل فؤاد شوكت. أريد منه تفسيراً لما حدث؟" قال نعيم بإصرار وهو ينظر إلى طلعت.

- "الآن دون موعد؟"

- "نعم... سأصف لك الطريق إلى قصره فلا زلت أذكره".

- "لا بأس... فالمسألة لا زالت تزداد غرابة" قال طلعت متأملاً، وكان حسّه الصحفي يقول له إنه لا زال في القصة بقية.

25

- "نعيم، هل تساءلت عن الدافع وراء هذه الإشارات التي بعثها إليك الدكتور عبد القادر قبيل وفاته؟" سأل طلعت وهو يدخل منطقة مصر الجديدة، حيث قصر فؤاد شوكت.

- "لا، لم أصل إلى هذا السؤال بعد. فلا زلت أبحث عن أجوبة للاستفهامات الأخرى التي طرحناها" ردّ نعيم متهكماً، وهو يشير إلى طلعت بأن يلفّ يمين في الشارع المقبل.

- "صدقني، الجواب على هذا السؤال سيوضح أموراً كثيرة. إرساله لك الرسالة عبر بريدك السري، الذي لا يعرفه أحد غيرك، هو الذي قادك للربط بينه وبين فؤاد شوكت، كأنه أرادك أن تعلم بهذه العلاقة، تماماً مثلما أوصلك إليَّ عندما ذكر اسمي؛ مما أوصلنا إلى الدكتور أحمد عبد الوارث".

- "تقصد أنه يوجهنا، عبر تلك الإشارات التي تركها، إلى أمر ما يريدنا الوصول إليه؟" تساءل نعيم وهو يتأمل كلام طلعت.

- "لا أجد تفسيراً آخر... الدكتور عبد القادر قتل هو والدكتور أحمد والصحفي موشي جولد لأمر...".

- "مهلاً.. مهلاً" قاطع نعيم "ماذا عن ذلك الصحفي موشي؟ ما علاقته بالموضوع؟"

- "ألم أخبرك أنه وُجد مشنوقاً في منزله بكندا؛ في نفس التوقيت الذي شنق فيه الآخران؟ هل تعتقد أن هذا كان من قبيل المصادفة؟ لا أعتقد... الثلاثة كان بينهم رابط ما".

- "ألم تخبرني بأن موشي قال لك؛ إنه رأى صورة لجد موفاز

حايـيم ضمن وثائق، اطلع عليها في تركيا، لبعض الوزراء في عهد الدولة العثمانية؟"

- "نعم، ولكن كان الرجل الذي في الصورة يدعى محمد جاويد باشـا، ولـيس زيفـي حايـيم؛ هذا ما أثار استغراب موشي" أوضح طلعت.

- "هل سمعت بيهود الدونمة؟"

- "تقصـد اليهود الذين تظاهروا بالإسلام؟ أذكر أني قرأت عن أمـر كهـذا" قال طلعت وهو يحاول استذكار ما قرأه عن الموضوع ذاته.

- "مـن الأمور التي حيّرت بعض المؤرخين المهتمين بأواخر عهـد الخلافـة العثمانية؛ هي علاقة الاتحاد والترقي بيهود الدونمة. الـبعض كـان يعتقد أن الاتحاد والترقي كان واجهة ليهود الدونمة، والبعض الآخر رفض تلك الأطروحة وصنّفها ضمن سلسلة نظريات المؤامرة" قال نعيم شارحاً.

- "نعـم أذكر أنني قرأت أمراً كهذا؛ ولكن مع أي الفريقين كان الدكتور عبد القادر؟"

- "كان له رأي خاص؛ لم يشأ أن ينشره حتى يتوفر له دليل".

- "رأي خاص!" تمتم طلعت "وما هو هذا الرأي؟"

- "لكـي تفهم رأيه لا بد لك أن تدرك تاريخ يهود الدونمة. هذه الحـركة أسسها كاهن يهودي من طائفة الكبالا؛ يدعى سبتاي زيفي، عاش في القرن السابع عشر".

- "مهلاً... مهلاً، ما الكبالا؟" قاطع طلعت متسائلاً.

- "الـيهود ليسـوا طائفـة واحـدة، بل عدة طوائف. أحد هذه الطوائـف تدعى الكبالا. معتقداتها قائمة على كتب كالتلمود وغيرها ممـا دوّنها بعض الكهنة عن أقوال أنبياء وكبار كهنة بني إسرائيل -

على حدّ زعمهم. الكبالا تعتبر أغمض طائفة يهودية، فتعاليمها منغلقة إلى حدٍّ كبير على أتباعها؛ ويقال إنها تعتمد على الكثير من الشعوذة".

– "من أين لك بهذه المعلومات؟ هل أنت رجل أعمال أو باحث في الأديان".

– "الثقافة والاطلاع ليست حكراً على الصحفيين" قال نعيم بنبرة مشاغبة، ثم أكمل حديثه "سبتاي زيفي هذا كان يعتقد بأنه هو مسيح بني إسرائيل المنتظر، وقام بالدعوة لإنشاء دولة يهودية تحت قيادته في فلسطين؛ مما أثار عليه غضب بعض أحبار اليهود الذين لم يشاركوه نفس المعتقد؛ فقاموا بالوشاية به عند السلطان محمد الرابع والذي أمر بقتله لإثارته الفتن".

– "مهلاً، هل قلت إن بعض اليهود هم الذين أوشوا به؟" سأل طلعت متعجباً.

– "هذا ما قلته، فبخلاف ما يعتقده الكثيرون، لا يؤمن جميع اليهود بقيام دولة يهودية بفلسطين أو بغيرها. بل إن البعض منهم يؤمن بأن الله أمر بتشتيتهم كعقاب لهم عن عصيانهم لأوامره، وأن من يشارك في إنشاء دولة يهودية – وخصوصاً في فلسطين – فهو يعصي أوامر الله مجدداً".

– "نعم... نعم... أذكر أن موشي أخبرني نفس ما تقوله؛ ولكنه لم يكن يعلن ذلك لمكانته الصحفية والاجتماعية في كندا... ولكن ما الذي حلّ بسبتاي زيفي؟"

– "أعلن عن دخوله الإسلام وعدوله عن دعوته السابقة، واتخذ اسم محمد عزيز، وقام أتباعه في الدخول إلى الإسلام مثله، وكانوا حريصين على إظهار ممارستهم لجميع الشعائر الإسلامية، إلى أن وجدوا – بعد عدة سنوات – يتآمرون في أحد المعابد اليهودية؛ فأدركت الدولة أنه هو وأتباعه كانوا يتظاهرون بالإسلام؛ بينما هم

يتآمرون عليه – فكان نصيبهم التفرقة والنفي".

– "إذاً سبتاي زيفي هو المؤسس الفعلي للحركة الصهيونية، فدعوته سبقت دعوة تيودور هرتزل بمائتي عام".

– "وهذا ما كان يقوله الدكتور عبد القادر" قال نعيم جملته، ثم انتبه إلى قصر على بعد مئة متر، فأشار إليه: "هذا هو المكان".

نظر طلعت إلى القصر الكبير المتميز،عن باقي القصور في المنطقة، بمعماره الفريد. اقترب بسيارته من البوابة الخارجية ثم توقف، فخرج نعيم على الفور متوجهاً إلى غرفة الحارس بجانب البوابة، ثم طرق على باب الغرفة عدة طرقات، فخرج على إثرها رجل طويل القامة مفتول العضلات تعرّف إليه نعيم من زيارته السابقة.

– "السلام عليكم، لا أدري إن كنت تذكرني أو لا، اسمي نعيم الوزان، كنت قد زرت السيد فؤاد شوكت منذ يومين".

– "أهلاً نعيم بيه، أي خدمة؟" قال الحارس الذي تذكّر نعيم.

– "أريد مقابلة السيد فؤاد لأمر هام، هل بإمكانك إخباره برغبتي في مقابلته؟"

– "كان بودي؛ ولكن فؤاد بيه غير موجود. لقد سافر صباح اليوم".

– "سافر!" ردّد نعيم الذي أدهشه الخبر "إلى أين سافر؟"

– "أنا آسف، ولكن فؤاد بيه لا يخبرني عن تحركاته" ردّ الحارس بشيء من السخرية.

أدرك نعيم بأنه لا جدوى من محاولة معرفة المزيد من المعلومات من الحارس، فعاد إلى سيارة طلعت.

– "الحارس يقول إنه سافر... هذا أمر غريب؛ فلا زالت هناك أمور كثيرة لم نتفق عليها بخصوص العمل" قال نعيم مستعجباً

وبصوت خافت كأنه يحدِّث نفسه.

- "ربما طرأ أمر هام اضطره للسفر. لماذا لا تحاول الاستفسار عن طريق مكتبه؟"

- "هذا ما أنوي فعله" قال نعيم ممسكاً بجواله.

بعد ثوانٍ من الاتصال على رقم مكتب فؤاد شوكت؛ ردّ صوت نسائي، لم يكن صوت سوزي. عرف نعيم بنفسه، ثم سأل عن فؤاد شوكت.

- "فؤاد بيه اضطر للسفر؛ سيغيب نحو أسبوع، أي رسالة أستطيع توصيلها؟"

- "ماذا عن سوزي بدران؛ كيف أستطيع الوصول إليها؟"

- "الآنسة سوزي لم تعد تعمل لدينا".

- "ماذا؟ ولكني التقيتها مساء أمس. كنا سوياً في يخت السيد فؤاد" قال نعيم وقد ذهل من هذا الخبر المفاجئ.

- "هذا كان أمس... أي خدمة أخرى؟" قالت السكرتيرة وقد بدا على صوتها نبرات الملل.

- "أمر أخير؛ هل يمكن لك أن تزوديني بعنوان الآنسة سوزي؟"

- "آسفة، هذا ضد نظام الشركة؟"

أنهى نعيم المكالمة؛ وقد شعر أن سفر فؤاد، وخروج سوزي من العمل، أمر يثير الريبة. ولكن لم يكن أمامه سوى حل واحد لكي يفهم سبب سفر فؤاد المفاجئ.

- "طلعت، هل لديك معارف في شركة المحمول؟"

- "نعم لديَّ معارف هناك؛ ولكن لماذا؟"

- "أريدك أن تحصل لي على عنوان سوزي بدران من خلال شركة المحمول. من حسن الحظ أن رقم جوالها مسجل لديَّ".

– "هذا أمر بسيط، ولكن هل هناك جدوى من الذهاب إليها؛ خصوصاً أنها لا تعمل لدى فؤاد شوكت الآن. لماذا لا تأتي معي إلى شقتي؛ نتناول العشاء سوياً، ونتباحث فيما توصلنا إليه؟"

– "طلعت... أشكرك على الدعوة الكريمة؛ ولكنك لم ترَ سوزي ومكانتها عند فؤاد شوكت. لم تكن مجرد موظفة، بل لا أبالغ إن قلت إنها كانت يده اليمنى... رجال الأعمال لا يتخلون عن موظف بهذه الأهمية إلا لأمر جد خطير. ينتابني شعور أن هذا الأمر يتعلق بي وبالدكتور عبد القادر".

هزّ طلعت رأسه مبدياً موافقته على ما يقوله نعيم؛ ثم أخذ يتصل بصديقه في شركة المحمول.

* * *

وصل طلعت ونعيم إلى العنوان الذي حصلا عليه لسوزي بدران. صفّ طلعت سيارته تحت العمارة التي لم تكن تبعد كثيراً عن الفندق الذي يسكنه نعيم. كان المساء قد حل، وشعر نعيم أنه قد أثقل على طلعت الذي لم يذهب إلى داره منذ الصباح، فطلب منه أن يذهب ليرتاح، وسيقابل هو سوزي ليستفسر منها عما حدث، ثم سيتجه مشياً إلى الفندق. أبى طلعت في بادئ الأمر وأصرّ على انتظار نعيم في السيارة؛ ليأخذه بعد ذلك لشقته لتناول العشاء سوياً؛ ولكن نعيم اعتذر بلطفٍ. لم يقتنع طلعت حتى حصل على وعد منه بأن يزوره غداً على الغداء.

صعد نعيم إلى الطابق الثالث حيث شقة سوزي وطرق الباب ثلاث طرقات، ثم انتظر. لوهلة... شعر أنه ربما قد تسرّع في المجيء؛ فلعل خياله هو الذي يصور له مؤامرة لا وجود لها. قد يكون هناك تفسير بسيط لكل ما حدث ولكنه لا يراه من شدة بساطته؛ كالذي يبحث عن قلم وهو في جيبه. فجأة تذكّر قول الدكتور

عبد القادر له في إحدى المرات "من واقع خبرتي إن التفسير البسيط للأمور قد يكون مريحاً، ولكنه ليس دائماً صحيحاً".

همَّ نعيم بالذهاب بعد أن انتظر قليلاً ولم يتلقَ إجابة؛ وما أن بدأ يتوجه نحو المصعد، حتى سمع صوت الباب يفتح؛ فاستدار ليجد سوزي أمامه وقد بدا على وجهها آثار حزن قد مزج لتوه بعجابة.

- "أنت! ما الذي أتى بك إلى هنا؛ ألا يكفي ما سببته لي من مشاكل بسبب كثرة أسئلتك؟" قالت سوزي بحرقة ظاهرة على نبرات صوتها.

- "عن ماذا تتحدثين؟ ما الذي فعلته؟" سأل نعيم وقد فوجئ بلوم سوزي.

- "لا شيء، فقط تسببت في طردي من العمل".

- "أنا، ولكن كيف؟ ولماذا؟"

- "أرجوك لا أودّ التحدث في هذا الموضوع، ماذا تريد؟"

- "سوزي، أنت امرأة ذكية وعلى درجة عالية من المهنية، وفوق ذلك تخرجت من أرقى الجامعات. أنا واثق بأنك لن تجدي مشكلة في الحصول على عمل مماثل، إن لم يكن أفضل مما كنت عليه؛ وأنا على استعداد لمساعدتك، ولكن أريدك أولاً أن تخبريني ما الذي جرى؟"

نظرت سوزي إلى نعيم وقد استشعرت في نبرات صوته الصدق، وبعد قليل من التفكير قررت أن تثق فيما قاله بخصوص مساعدتها.

- "تفضل، سأخبرك كل شيء بالداخل".

أخذت سوزي تقص على نعيم كيف أنه في الصباح، عندما كانت مع فؤاد شوكت في مكتبه، تلقّى مكالمة من شخص كان يتحدث باللغة الإنكليزية. استوقفها ردّة فعل فؤاد على خبر بدا لها أنه سمعه

من محدثه. تقلّب وجهه وظهر عليه القلق بشكل واضح.

- "لم أرَ في حياتي فؤاد شوكت على هذا الحال؛ كان يتحدث مع الطرف الآخر كالموظف البسيط الخائف من رئيسه في العمل. يبدو أن ما سمعه كان له وقع كبير عليه؛ لدرجة أنه لم يكترث لوجودي".

- "هل استطعتِ أن تعرفي الأمر الذي كان يتحدث فيه؟" سأل نعيم وقد ملأه الفضول.

- "فؤاد لم يتكلم كثيراً، فكان مستمعاً أكثر منه متحدثاً؛ ولكني فهمت من القليل الذي قاله". ثم نظرت سوزي مباشرة إلى نعيم وأضافت: "إن شخصاً ما من طرفك كان يستفسر عن مقهى الهرم الذهبي".

- "شخص من طرفي!" ردّد نعيم ثم أضاف بصوت خافت: "هذا مصطفى".

- "بعدما أنهى فؤاد المكالمة انتبه لوجودي؛ فطلب مني الانصراف. تذكرت وأنا أهم بالخروج سؤالك عن المقهى عندما كنا في الطريق إلى اليخت، فأخبرت فؤاد، ويا ليتني لم أفعل!"

- "ما الذي حدث؟"

- "غضب عندما عرف أنني أخبرتك عن صلته بالمقهى، واتهمني بأني أفشي أسرار أعماله - فقام بطردي، هكذا في لحظة دون حتى أن يستمع إليَّ. تخيّل بعد سنوات من العمل المضني لديه... يقوم بطردي لسبب تافه كهذا" قالت سوزي وقد بدأ يتحشرج صوتها من الأسى؛ ولكنها سرعان ما تماسكت ثم أضافت: "على العموم؛ هو الخسران فلن يجد موظفاً بكفاءتي يخدمه كما خدمته أنا".

- "هذا أمر غريب... يطردك لأنك أخبرتني بأنه شريك في مقهى الهرم الذهبي... هل عندك فكرة إلى أين سافر؟"

- "سافر؟!" ردّدت سوزي مندهشة. "لا علم لي بهذا الأمر، لا بد أنها سفرة مفاجئة".

- "سوزي، أنا آسف على ما تسببت لك فيه دون قصد، وأنا عند وعدي بخصوص مساعدتك في إيجاد عمل لا يقلّ عن ما كنت عليه".

أحست سوزي بالامتنان، وقد شعرت بالصدق في كلام نعيم الذي همَّ بالخروج من شقتها بعد شكره لها على ما أخبرته. ما كاد نعيم يفتح الباب، حتى خطر على بالها سؤال.

- "نعيم بيه... ما الذي يحدث؟"

نظر نعيم إلى سوزي ثم قال.

- "منذ عدة أيام وأنا أسأل نفسي هذا السؤال، حتى بدأت أدرك أن في بعض الأحيان قد تكون الحقيقة واضحة كالشمس؛ ولكن من شدة وضوحها لا نستطيع النظر إليها".

* * *

قرّر نعيم أن يذهب إلى الفندق مشياً، فكان يجد دائماً في المشي الفرصة لكي يرتّب أفكاره كلما واجهته مسألة استلزمت كامل تركيزه. لقد بدأت تتضح الصورة أكثر لنعيم، ولم يعد يشك في أن أستاذه كان على صلة بجماعة سرية؛ سواء كانت الماسونية أو غيرها، وأن تلك الجماعة هي التي قامت بقتله بطريقة توحي بأنه انتحر دون أن تغفل وضع بعض اللمسات، التي في العادة لا يعرفها غير المنتسبين لتلك الجماعة، لكي تجعله عبرة لرفقائه. ولكن ما الذي اقترفه الدكتور عبد القادر لكي يستحق مثل هذا العقاب؟ كان ذلك سؤالاً لا زال يبحث عن إجابة.

بدا أيضاً لنعيم أن الدكتور أحمد عبد الوارث وموشي جولد قد اقترفا نفس الذنب؛ فقتلا في نفس الوقت وبنفس الطريقة. ويبدو أن

الدكتور عبد القادر قد شعر بدنو أجله، فأراد أن يرسل رسالة لكي لا يضيع كل شيء بموته، ويا لها من رسالة! قد تبدو بسيطة في الوهلة الأولى لا تحمل أي معلومة ذات أهمية؛ ولكنها على العكس تماماً، فكل تفصيلة بسيطة تتعلق بالرسالة، ابتداء من الطريقة التي أرسلت بها إلى آخر سطر مكتوب، كانت مليئة بالمعاني والإشارات التي تدل متأملها إلى الحقيقة؛ ولذلك أخذ نعيم يراجع كل حرف في الرسالة وكل رقم.

استوقف نعيم مجموعة الأرقام التي تلت عبارة رحم الله جدك خليل، (256 - 114/2) والمجموعة الأخرى التي تلت توقيع الدكتور عبد القادر بنوزّاني، (8 - 114/2). ما المقصود بهذه الأرقام؟ وما سرّ الترحم على جدي خليل؟ ألحا هذان السؤالان على ذهن نعيم.

كان هناك أمر مألوف يخص تلك الأرقام؛ ولكن لم يستطع نعيم معرفة ذلك الأمر. شعر أن هذه الأرقام قد مرّت عليه من قبل، ولكنه لم يستطع أين يتذكر متى وكيف. ظلّ نعيم يعصر ذاكرته وهو يحاول أن يتذكر أمراً ربما قد أغفله بخصوص جده خليل، أو حديثاً جرى بينه وبين الدكتور عبد القادر قد يدله على المعنى الخفي وراء تلك الأرقام. شعر نعيم أن هذه الأرقام لا بد أن تحمل معنى قريباً منه؛ وإلا ما كان ذكرها الدكتور عبد القادر في الرسالة، فحتماً أراد أن يوصل أمراً مهماً دون أن يلفت الأنظار...

"**دون أن يلفت الأنظار!** هل معنى ذلك أنه كان مراقباً من قبل نفس الجهة التي قتلته وأنه كان يدرك ذلك؟!"

بدأت الحقيقة تتضح أكثر فأكثر لنعيم؛ ولكنه كلما أمعن النظر فيها، كلما أخذ يشعر أن هذه الحقيقة قد تحرقه كما يحرق البصر النظر إلى الشمس!

26

دخل الخادم على اللورد البريطاني، صاحب القصر، ليخبره عن قدوم الضيف المنتظر. أشعل صاحب القصر سيجاره الكوبي الفاخر، وأشار لخادمه بأن يدخل الضيف. بعد لحظات... دخل القاعة فؤاد شوكت، وكان يبدو عليه القلق من هذا الاستدعاء المفاجئ من قبل اللورد. كانت الأحداث تسير بشكل متسارع في الأسابيع الأخيرة؛ وخصوصاً منذ أن استدعي المرة السابقة لكي يوصل الرسالة للدكتور عبد القادر في منزله بالرباط. تلك الرسالة التي كان مفادها أن أمره قد انكشف.

أشار اللورد لفؤاد بالجلوس، فجلس على الفور كالطالب الذي ينتظر لفتة من أستاذه تبيّن له إن كان قد فعل شيئاً دون أن يدري يستحق العقاب أم أنه في مأمن.

– "ما لك قلق؟" سأل اللورد، وعلى وجهه ابتسامة سخرية، ثم أضاف: "أريدك أن تهدأ، فما سأقوله لك اليوم يحتاج إلى كامل تركيزك".

أشار اللورد إلى فؤاد بأن يأخذ من سيجاره الكوبي، ثم أكمل حديثه.

– "لقد استطاع عبد القادر أن يمرر رسالة عبر البريد الإلكتروني بعد لقائك معه في الرباط. الرسالة بها إشارات مريبة قد تكشف أمرنا. ولذلك كان الاجتماع العاجل أمس لجماعة بولدربرج".

أصاب فؤاد الذعر لسماعه أن جماعة بولدربرج قد اجتمعت البارحة – على غير موعدها السنوي. فهذا نادر ما يحدث؛ إلا إذا

كان الأمر جد خطير يتعلق بقائد من قادة الدول يراد التخلص منه بشكل عاجل، أو ما هو أسوأ؛ تهديد يمسّ كيان الجماعة.

- "تباحثنا التقرير الذي أعدّه القسم الأمني عن كبار أعضاء الفرق الموالية لنا، مثلك أنت، لكي نتفادى الخلل الأمني الخطير مستقبلاً، والذي مكّن شخصاً مثل عبد القادر بنوزّاني الوصول في هرم الجماعة إلى ما وصل إليه. التقرير قد أثبت ولاءك وأخلى أي مسؤولية لك فيما حدث".

في هذه اللحظة تنفّس فؤاد الصعداء وبدت علامات الراحة على وجهه.

- "شكراً سيدي على هذه الثقة".

- "ولكن ليس لهذا الأمر استدعيتك" قاطع اللورد. "ولكن لأمر أخطر. الرسالة التي أرسلها عبد القادر كانت موجهة لشخص تربطك علاقة عمل معه؛ اسمه نعيم الوزان، ويبدو أنه قد بدأ يتحرى عن أمر هذه الرسالة؛ وكما أخبرتك في الهاتف قد توصل إلى علاقتك بعبد القادر وشراكتك معه في الهرم الذهبي.

- "نعم، ولكني أؤكد لك أن...".

- "مهلاً، فلم أكمّل حديثي بعد. لو أن المسألة وقفت عند هذا الحدّ لكان الأمر هيناً؛ ولكن ما أثار قلق مجموعة بولدربرج هو التقرير الذي جاءنا عن نعيم الوزان. إنه حفيد خليل الوزان - من جماعة الحسيني".

- "ماذا! ولكن ألم ينتهِ أمر هذه الجماعة منذ زمن بعيد؛ منذ حادثة السفربرلك".

- "ربما كنا مخطئين في هذا الظن".

- "أو ربما الأمر مجرد صدفة، فنعيم رجل أعمال همّه الآن الحصول على ترخيص الجوال في بلده. لا أعتقد أن له علاقة بمثل

هذه الأمور".

- "صدفة! أنت تقول صدفة! مشكلة البعض أنهم يعيلون الكثير من الأمور على مبرر الصدفة. أتعرف أن الذي أبقانا عبر هذه القرون وجعلنا نصل إلى ما وصلنا إليه اليوم، مما كان أسلافنا يحلمون به، هو أننا كنا نخلق الصدف فنتحكم بها ولا نجعلها هي التي تتحكم بنا. نحن نصنع الأحداث عبر سنوات من التخطيط والترتيب، ونجعلها تبدو للآخرين كما لو أنها مجرد صدف؛ فيكون هذا الظن هو سبب هلاكهم. الآن أنت تقول لي إن علاقة نعيم، حفيد خليل، بعبد القادر قد تكون مجرد صدفة! لن أسمح بأن نقع نحن فريسة لمثل هذا الاعتقاد، والذي إن ثبت خطأه قد يشكل تهديداً لنا لا يقلّ عن التهديد الذي شكلته في يوم من الأيام جماعة الحسيني... إن لم يكن عبد القادر بنوزّاني يعمل بمفرده، فهذا ليس له غير معنى واحد".

- "أن جماعة الحسيني لم تتقهقر كما كنا نعتقد" ردّد فؤاد وقد أدرك الآن السبب وراء الاجتماع المفاجئ لجماعة بولدربرج.

27

كان الطقس جميلاً. والنسمة الباردة التي في الأجواء كانت تشعر نعيم براحة لم يأنسها منذ زمن بعيد. لم يشهد نعيم طقساً جميلاً في المدينة المنورة يضاهي جمال طقس فجر اليوم. صلّى ركعتي تحية المسجد النبوي في الروضة الشريفة. تذكّر حديث الرسول (ص) "ما بين بيتي ومنبري روضة من رياض الجنة". ها هو يصلي في روضة من رياض الجنة. قام من موضعه ثم اتجه يساراً إلى المبنى الذي يحيط بقبر الرسول (ص)، وبجواره صاحباه أبو بكر وعمر. غريب... أين الجنود؟ كان المكان خالياً على غير العادة. بل لم يكن هناك أحد سوى نعيم. سلّم على الرسول (ص)، ثم على أبي بكر الصديق وعمر بن الخطاب... ذهب إلى بقيع الغرقد بجوار المسجد. ألقى السلام على قبر أبيه عبد الله، ثم اتجه إلى قبر جده خليل؛ ولكنه لم يجد القبر. هل دفن جده في البقيع؟ سمع المؤذن ينادي لصلاة الفجر، فوجد نفسه يؤدي الصلاة في مسجد قباء؛ أول مسجد أُسِّس على التقوى. كان المكان ممتلئاً بالمصلين؛ فصلى في الساحة المكشوفة، وكان نسيم المدينة يزيد من خشوعه في الصلاة مع كل لمسة يداعب بها جسم نعيم. فرغت الصلاة، وخلى المسجد من المصلين، وبقي نعيم يقرأ القرآن. كان يقرأ من سورة البقرة. ظلّ يقرأ حتى فرغ من آية الكرسي ثم توقف. ما هذا الصوت؟ صوت لم يسمعه من قبل؛ ولكن به ألفة غريبة يناديه. ولكن الصوت آتٍ من خارج المسجد. تتبع نعيم الصوت الذي كان يأتي من أحد البساتين التي بجوار مسجد قباء. هذا البستان ليس بغريب عليه. كان الصوت لا زال ينادي. حتماً هو قادم من داخل هذا البستان المليء بنخل

المدينة. وجد نفسه يدخل متجهاً نحو الصوت الذي لم يعد ينادي؛ ولكنه أصبح الآن يعيد قراءة نفس الآية من سورة البقرة.

﴿لاَ إِكْرَاهَ فِي الدِّينِ قَدْ تَبَيَّنَ الرُّشْدُ مِنَ الْغَيِّ فَمَنْ يَكْفُرْ بِالطَّاغُوتِ وَيُؤْمِنْ بِاللَّهِ فَقَدِ اسْتَمْسَكَ بِالْعُرْوَةِ الْوُثْقَى لاَ انْفِصَامَ لَهَا وَاللَّهُ سَمِيعٌ عَلِيمٌ﴾.

اقترب نعيم من صاحب الصوت الذي كان يردّد هذه الآية. كان يجلس تحت إحدى نخلات البستان. نظر الرجل إلى نعيم ثم ابتسم. إنه يشبه صورة جده خليل... بل هو جده خليل!

استيقظ نعيم من نومه، وكان صوت المؤذن من جواله ينبّه لصلاة الفجر. قام من سريره ثم نظر إلى القرآن الذي بجواره. ومضت عيناه وأخذت دقات قلبه تتسارع. "هل يمكن أن يكون المقصود هو..." قلّب في صفحات القرآن حتى وصل إلى الآية التي كان يقرأها جده في المنام. كانت الآية رقم 256 من سورة البقرة، ثاني سور القرآن البالغة 114 سورة!

رحم الله جدك خليل 256 – 114/2

28

عام 1908

قصّ خليل على الشيخ أبو بكر الحسيني ما شاهده الليلة الماضية. أخبره عن المجسّم الهرمي في قصر طلعت باشا، والآخر الموجود في قصر الضيافة، بعينه المطلة على حائط به باب سري، وكيف استطاع أن يفتح الباب الذي قاده إلى تلك الجماعة الغريبة وقائدهم الذي كان يتحدث بلغة غير مفهومة له. أخبره عن شكّه في طلعت باشا ويوري بك كوهين بأنهما يرتبان لأمر ما له علاقة بحركة الاتحاد والترقي. ظلّ الشيخ أبو بكر يستمع إلى خليل بتمعن حتى فرغ.

- "خليل ما قلته لي أمر جد خطير، وهذه الجماعة السرية وعلاقتها بطلعت باشا أمر يثير الريبة، ولكني أفضل أن نؤجل الحديث في هذا الموضوع حتى يأتي ضيف أريدك أن تقابله".

- "ومن يكون هذا الضيف؟"

- "ستعرف عما قريب، ولكن قبل أن يأتي وددت أن أفاتحك في موضوع قد لا يقلّ أهمية" قال الشيخ أبو بكر، فصمت قليلاً ثم أكمل: "منذ أن تعرفت إليك في القدس قبل عشر سنوات، وسمعتك تتحدث عن زيارتك لباريس، وما شاهدته بخلاف ما هو موجود في العالم الإسلامي من تطور حضاري؛ متمثلاً في المدارس، والجامعات، والمكتبات، والمستشفيات، وغيرها من مظاهر الرقي الذي افتقدناه؛ بعدما كنا في الماضي نحن المصدرين له... بعدما استشعرت في كلامك الحرقة في ما وصلنا إليه والرغبة الصادقة في تحسين الحال،

أخذت أتتبع أخبارك عن بعد؛ وكم كانت سعادتي وأنا أسمع عنك أخباراً كانت تؤكد حدسي فيك".

- "أشكرك على هذا الإطراء؛ ولكن ما أنا سوى تلميذ من تلاميذك" قال خليل وقد شعر بالخجل من كلام الشيخ أبو بكر.

- "أعتقد أنك مستعد الآن لكي تستمع إلى الإجابة على الكثير من الاستفهامات".

صمت الشيخ أبو بكر قليلاً كأنه يعطي الفرصة لخليل لكي يستجمع كامل تركيزه ليستوعب ما هو على وشك الإفصاح عنه.

- "لقد رسا الله عزّ وجل قاعدة أساسية في حركة تغيير الشعوب؛ مفادها أن الله لا يغير ما بقوم حتى يغيروا ما بأنفسهم. والإنسان لا يتغير حتى يكون راغباً في هذا التغير، وعلى أتمِّ استعداد لبذل كل ما بوسعه من أجل التغيير إلى الأفضل. وهذا الأمر لا ينفي وجود من لا يريدنا أن نحسّن أمورنا ونتحول إلى الأفضل وعلى استعداد لبذل ما بوسعه لكي نظل على حالنا هذا لأن مصلحته تكمن في ذلك. وإذا نظرت إلى الأمور بعين مجردة، ستجد في نهاية الأمر أن كل شعب وكل جماعة تبحث في المقام الأول عن مصلحتها، وإن كان ذلك على حساب الباقي. لذلك تعلمت أن من الأجدى أن نحاسب أنفسنا قبل أن نبدأ في محاسبة الآخرين. فالحال الذي وصلت إليه أمتنا من هوان وضعف وتخلّف حضاري نحن المسؤولون عنه في المقام الأول، وإن لم نفعل شيئاً، فتأكد أننا سنحاسب على تخاذلنا هذا".

- "أتفق معك في كل ما تقول؛ ولكن ما بوسعي أنا وأنت أن نفعل ونحن مع الأسف قلة في هذا الزمان".

- "تذكّر يا خليل، أن كل نهضة شهدها الإنسان بدأت بقلة من الناس حملوا همَّ أمتهم. ألم يبدأ الإسلام بالقلة؟ النهضة التي أنجبت

صلاح الدين بعد عهد من الانحطاط؛ ألم تبدأ بالقلة؟ وكم من قلة مع الصبر والإخلاص في العمل أصبحت كثرة. ومع ذلك نحن اليوم بفضل الله أكثر من مجرد قلة".

- "نحن" ردّد خليل "ومن تقصد بنحن؟"

- "هذا هو الأمر الذي وددت أن أفاتحك فيه". مرة أخرى صمت الشيخ أبو بكر قليلاً، ثم سأل خليل: "هل سمعت بالعروة الوثقى؟"

- "نعم، هي الصحيفة التي أسسها الشيخ جمال الدين الأفغاني مع الشيخ محمد عبده في باريس".

- "هذا صحيح، ولكن العروة الوثقى أكثر من ذلك بكثير؛ فالصحيفة لم تكن سوى الواجهة".

- "واجهة لماذا؟" سأل خليل وقد بدت عليه الحيرة.

- "واجهة لحركة أسسها الشيخ جمال الدين من أجل بثّ النهضة في أمة تهاونت وتقاعست عن أداء واجبها. أصبح الفرد فيها جاهلاً، والفقيه مجرد ناقل".

- "ولكني لم أسمع قط عن حركة أسسها الشيخ جمال الدين لهذا الهدف".

- "أنت لم تسمع بها لأنها لم تعلن ولا يعلمها إلا قلة من المنتمين إليها؛ حتى أن الكثير ممن يعملون تحت لواء العروة الوثقى قد لا يدركون ذلك".

- "هل تتحدث عن جماعة سرية أنشأها الشيخ جمال الدين الأفغاني؟"

- "نعم، جماعة سرية هدفها بثّ روح النهضة في العالم الإسلامي، ثم تطورت ليصبح هدفها أيضاً التصدي للأخطار التي باتت تحيط بنا؛ كخطر انتزاع القدس من قبل الحركة الصهيونية".

- "لا أفهم، فهذه الأهداف يتفق عليها الكثير من المسلمين بمن فيهم السلطان عبد الحميد الثاني، فما الداعي للسرية والكتمان؟"

- "لأن هناك عناصر من الداخل ومن الخارج لا تريد أن يكون هناك وجوداً لمثل هذه الجماعة؛ وهي على أتمِّ الاستعداد للقضاء عليها إذا علمت بوجودها. هذا ما أدركه الشيخ جمال الدين".

- "ولكن ماذا عن السلطان عبد الحميد؟ فهو يرغب في الإصلاح؛ فلماذا لم يتم التعاون معه؟"

- "ومن قال لك إننا لم نحاول؛ فالجامعة الإسلامية، التي يتبناها السلطان اليوم، هي من بنات أفكار الشيخ جمال الدين. ولكنه أدرك، بعد تجواله في مختلف أقطار العالم الإسلامي، أن السلطان - مع الأسف - لن يستطيع أن يصلح ما قد أفسده الدهر. تماماً مثلما بدأت أدرك أنا اليوم أن السنوات القادمة ستكون هي الأسوأ، وأن عصب الأمة الإسلامية... الخلافة... في طريقها إلى الزوال".

- "ماذا!" صرخ خليل، وقد فجع مما سمع ما لم يخطر أبداً على باله.

- "نعم، الأمور هي كما قلت لك؛ ولكن لا تدع اليأس يملأ قلبك، فالغلبة هي لنا في نهاية الأمر؛ وإن لم نشهدها نحن في حياتنا، ولكن يكفينا فخراً أن نكون نحن نواة الإصلاح الذي سيشهده أحفادنا".

كان للكلام الذي سمعه خليل من الشيخ أبو بكر وقع كالصاعقة. وبالرغم من محاولته لإقناع نفسه بأن كلام الشيخ أبو بكر قد يحمل الكثير من المبالغة؛ إلا أنه في قرارة نفسه كان قد أدرك أن ما قاله الشيخ هو الصواب.

في هذه الأثناء دخل الخادم ليعلن عن مجيء الضيف المنتظر.

- "لقد حضر عبد الله المؤمن في الوقت المناسب" قال الشيخ أبو بكر، وهو ينظر لخليل. "فهو الشخص الأنسب لإكمال باقي

الحديث وإلقاء الكثير من الضوء عن جانب مهم من عملنا؛ والذي ستكون أنت أحد دعائمه".

- "أنا تحت أمرك، ولكن من هو عبد الله المؤمن؛ فلم أسمع به من قبل؟"

- "ولكنك تعرفه جيداً، فقد سبق أن التقيته".

- "متى وكيف؟"

ما كاد يسأل خليل حتى أتته الإجابة بدخول الضيف المرتقب الذي تعرّف إليه على الفور. فلم يكن عبد الله المؤمن سوى يوري بك كوهين!

29

كان الذهول واضحاً على طلعت، وهو يستمع إلى ما توصل إليه نعيم من فك لغز تلك الأرقام التي كانت في رسالة الدكتور عبد القادر. لم تكن حيرة طلعت فقط في سبب الإشارة إلى الآيات القرآنية؛ ولكن في كيفية وصول نعيم إلى المعنى المراد. رؤية يراها شخص لتكشف جانباً من أمور الحياة! كان يسمع عن مثل هذه الأمور من والدته ومن خالاته؛ كيف أنهن، في أكثر من مرّة، عندما احترن في أمر من الأمور جاء الحل في صيغة حلم حلمنه. ولكنه كان ينظر إلى مثل هذه الأمور على أنها لا تعدو الخرافة. وها هو نعيم يحدثه عن أمر، لا يختلف عما كان يسمعه من قبل والدته وخالاته، فكان لا يملك إلا أن يضحك في سرّه ممن كن يعتقدن في مثل هذه الأوهام؛ أما الآن وهو يستمع إلى رجل الأعمال الناجح ذي الثقافة الواسعة، فلا يعرف ماذا يظن وكيف يتجاوب مع هذا الخبر. فما كان من أمره إلا أن يتقبل ما سمعه من نعيم، فحلمه قد أتى بنتيجة!

- "ولكن ما المقصود بذكر هذه الآيات بعد اسم جدك واسم الدكتور عبد القادر، وبهذه الطريقة المبهمة؟" سأل طلعت ولا زال يشعر بشيء من الريبة.

- "هذا ما كان يسيطر على تفكيري منذ صلاة الفجر... من الواضح أن الدكتور عبد القادر كان يشعر بأن هناك من يراقب رسائله؛ ولهذا أرسلها بهذا الشكل المبهم. كما سبق لك وأن قلت، فالمسألة أكبر بكثير مما كنا نتخيل، وهذا ما قد تأكد لي من خلال مقابلتي مع سوزي بدران".

- ﴿لاَ إِكْرَاهَ فِي الدِّينِ قَدْ تَبَيَّنَ الرُّشْدُ مِنَ الْغَيِّ فَمَنْ يَكْفُرْ بِالطَّاغُوتِ وَيُؤْمِنْ بِاللَّهِ فَقَدِ اسْتَمْسَكَ بِالْعُرْوَةِ الْوُثْقَى لاَ انْفِصَامَ لَهَا وَاللَّهُ سَمِيعٌ عَلِيمٌ﴾ ردّد طلعت الآية ثم سأل نعيم: "هل توصلت إلى المقصود بذكره لهذه الآية بالتحديد بعد اسم جدك خليل؟"

- "الدكتور عبد القادر كان دائماً يربط الماضي بالواقع، وكان دائماً ما يردّد أن أحداث اليوم هي وليدة الماضي، وإذا أردنا أن نقرأ التاريخ؛ فما علينا إلا أن ننظر إلى الواقع، وإذا أردنا أن نفهم الواقع؛ فما علينا سوى أن نقرأ التاريخ... ذكره لجدي قد يكون له علاقة بأمر ما يمسّ واقعنا اليوم، وهذه الآية هي الرابط".

- "لا زال هذا الرابط غير واضح لي".

- "العروة الوثقى" قال نعيم ثم صمت.

- "العروة الوثقى" ردّد طلعت بتفكّر ثم تنبّه إلى ما يشير إليه نعيم. "هل تقصد الصحيفة التي أنشأها الشيخ جمال الدين الأفغاني مع الشيخ محمد عبده عندما كانا في منفاهما في باريس؟"

- "هي أكثر من مجرد صحيفة؛ فبعض المؤرخين، الذين تناولوا سيرة الشيخ جمال الدين، تحدثوا عن جماعة أنشأها بنفس المسمى، ولكنها لم تستمر وانتهت بموته. والبعض قال إنه لم يكن هناك وجود لمثل تلك الجماعة. أذكر أن الدكتور عبد القادر في أكثر من مرّة تحدث عن هذا الموضوع؛ ولكن بشكل مقتضب. يبدو أنه في الرسالة التي أرسلها إليَّ أراد الإشارة إلى هذا الأمر لسبب قد يتعلق بجدي خليل".

- "جماعة العروة الوثقى؟" سأل طلعت باستغراب "بالرغم من اهتمامي بشؤون الجماعات السرية، إلا أني لم أسمع قط بهذه الجماعة. أتذكر ما هي المراجع التي تحدثت عن إنشاء الشيخ جمال الدين لهذه الجماعة؟"

- "لـن تفيد في شيء، فهي لم تذكر سوى أسطر قليلة عن هذا الموضـوع... الشيخ جمال الدين كان رجلاً شديد الغموض، كما كان شـديد الذكاء؛ لا أستبعد أن يكون قد أنشأ جماعة في حياته وقد حلّت بعد مماته لأنها لم تجد شخصاً في مكانته وبقدراته يقودها".

- "أو ربمـا استمرت دون أن يعلم بها أحد" قال طلعت وقد بدأ حسّـه الصحفي يطغى. "ماذا لو أن الشيخ جمال الدين قد أنشأ بالفعل جماعـة سـرية لمناهضـة بعض الجماعات التي بدت تغزو العالم الإسـلامي في ذلك الوقت؛ خصوصاً بعدما تبيّن له خطر الماسونية التي كان في وقت من الأوقات منتمياً لها؟ ماذا لو أن هذه الجماعة لم تتفتـت بمـوت منشئها، ولكنها استمرت إلى اليوم؟ ماذا لو أن جدك كانت له علاقة بتلك الجماعة وبطريقة ما اكتشف الدكتور عبد القادر هذا الأمر. ألم تخبرني بأنه حدّثك في لقائكما الأخير عن أمور تخص جدك أنت لم تكن تعرفها، كان قد اكتشفها في زيارته لتركيا؟"

- "هـذا صحيح، ولكن علاقة جدي بجماعة سرية أنشأها الشيخ جمال الدين؛ هذا أمر يصعب التثبت منه".

قام طلعت من جلسته وأخذ يمشي نحو النافذة وهو يتأمل ما دار من نقاش؛ محاولاً أن يستخلص منه تفسيراً لكل ما حدث.

- "مـا المقصود من الآية التي تلت اسم الدكتور عبد القادر؟ ﴿ وَمِـنَ الـنَّاسِ مَنْ يَقُولُ آمَنَّا بِاللَّهِ وَبِالْيَوْمِ الآخِرِ وَمَا هُمْ بِمُؤْمِنِينَ﴾... هذه الآية تشير إلى المنافقين أليس كذلك؟"

- "هـذه الآية هي من أوائل ما نزل على الرسول عليه الصلاة والسـلام؛ عـندما هاجـر إلـى المدينة. فهي تتحدث عن جماعة لم يصادفها الرسول من قبل؛ وهي كما قلت أنت جماعة المنافقين، التي كان خطرها على المسلمين أكبر من خطر قريش واليهود".

- "تقصد لتشكيلهم ما اصطلح عليه اليوم بالطابور الخامس؟"

- "بالفعل؛ فعدو خفي أخطر بكثير من عدو ظاهر".

- "فهل تعتقد أن الدكتور عبد القادر أراد أن يخبرك بأنه كان من ضمن طابور ما خامس؟"

صمت نعيم دون تعليق على ما قاله طلعت الذي خطر فجأة على باله سؤال كان ينوي توجيهه لنعيم بعد زيارتهما لزوجة الدكتور أحمد عبد الوارث.

- "نعيم، أتذكر ذلك الأمر الذي جمع الدكتور أحمد عبد الوارث مع الدكتور عبد القادر في المدينة... سفربرلك... على ما أتذكر، كأني شعرت أنك فهمت ما المقصود بذلك الأمر؟"

- "السفربرلك، نعم هذا أمر معروف لدى أهل المدينة المنورة، فهو المصطلح الذي كان يطلقه كبار أهل المدينة على الحرب العالمية الأولى".

- "الحرب العالمية الأولى؟" سأل طلعت.

- "إنه مأخوذ عن كلمة تركية ولكن أهالي المدينة كانوا يستخدمون هذا المصطلح للإشارة لأمر هام آخر قد حدث في زمن الحرب العالمية الأولى، فقد كانت المدينة في ذلك الوقت تقاوم هجمات حملة الشريف حسين بمساعدة الإنكليز في ظلّ الثورة العربية الكبرى التي قادها مع أولاده الشريف فيصل والشريف عبد الله والشريف علي".

- "أليست هي التي شارك فيها لورنس العرب".

- "بالضبط... لقد قاومت المدينة بضراوة؛ حتى بدأت تنفذ المؤونة، فأمر القائد التركي بتهجير أهالي المدينة إلى الشام وتركيا حتى تكفي المؤونة المقاتلين، ولتفادي تفشي المجاعة في الأهالي".

- "أين كان جدك خليل في ذلك الوقت؟"

بدأ نعيم يدرك إلى ماذا كان يرمي طلعت.

- "جدي بقي في المدينة، وعندما عادت جدتي مع أبي - بعد انتهاء الحرب - إلى المدينة المنورة، قيل لها إنه قتل، ولكن لم يعثر له عن جثمان".

في هذه الأثناء رنّ جوال نعيم، وظهر على شاشته اسم مصطفى نديم.

- "سلام عليكم يا مصطفى، هل يمكن لك الاتصال بي لاحقاً؛ أنا مشغول...".

- "عفواً أبو عبد الله، أنا آسف على المقاطعة؛ ولكن الأمر لا يتحمل التأجيل، لا بد أن تأتي إلى الرياض اليوم. لقد حجزت مقعداً لك على طائرة المساء". تحدث مصطفى بصوت مضطرب لم يألفه نعيم منه من قبل.

- "خيراً. أكل شيء على ما يرام؟"

- "الشيخ علي السليمان انسحب من تكتلنا، وسحب معه عدداً من الممولين".

- "كيف حدث ذلك؛ ولماذا؟" سأل نعيم، وقد استاء لهذا الخبر الذي يعني فشل مشروع تكتل الاتصالات المزمع المنافسة به في أخذ ترخيص الجوال بالسعودية.

- "لا أدري، فالخبر كان مفاجئاً لنا جميعاً؛ خصوصاً أنه لم يبدِ أي سبب واضح لهذا الانسحاب".

- "وأين سعد العثمان الآن؟"

- "لقد سافر لتوه إلى لندن لمقابلة الشيخ علي والاستفسار منه شخصياً؛ وقد طلب مني أن أحيطك علماً بما جرى لكي تحضر فوراً إلى الرياض".

أنهى نعيم مكالمته؛ وقد لاحظ طلعت على وجهه علامات التوتر.

- "نعيم، أكل شيء على ما يرام؟" سأل طلعت مبدياً اهتمامه.

- "مشاكل في العمل ستضطرني للسفر فوراً إلى الرياض" صمت نعيم متأملاً، ثم أضاف: "هذا أمر غريب... لا يمكن أن يكون مجرد مصادفة".

- "ماذا تقصد؟ مشاكل عملك هذه لها علاقة مع ما حدث للدكتور عبد القادر؟" سأل طلعت بتعجب.

- "لست متأكداً... ولكنها مصادفة غريبة... على أية حال قد آن الأوان لي أن أعود للسعودية؛ بغضّ النظر عن المكالمة التي تلقيتها... أعلم أن الأمر قد يبدو لك غريباً، ولكني أظن أن المشوار يجب أن أكمله بمفردي في المدينة المنورة... لديَّ شعور أن هناك تكمن الإجابة عن باقي التساؤلات".

نظر طلعت إلى نعيم، وتعبيرات وجهه تتساءل عن المقصود بهذا الكلام.

- "الرؤية التي رأيتها... أتذكر تفاصيلها كأنها حدثت لي بالفعل... الأمر له علاقة بجدي خليل، لا أدري كيف ولماذا؛ ولكن حديث الدكتور عبد القادر عن جدي خليل في آخر لقاء لنا، ثم ذكره لجدي في الرسالة بجوار آية العروة الوثقى... الرؤية التي رأيتها... نعم جدي خليل هو المحور، إن استطعت أن أكتشف ذلك الأمر الذي يخصه، فأنا واثق بأن الباقي سينجلي تباعاً، ولكن عليَّ أولاً البحث في المدينة المنورة".

تفهّم طلعت وجهة نظر نعيم، ثم بشكل تلقائي مدّ يده نحوه مصافحاً.

- "نعيم، لقد تشرفت بمعرفتك. وبالرغم من أننا لم نلتقِ إلا منذ أيام قليلة؛ إلا أنني أشعر كما لو كنت أعرفك منذ زمن. أنت مثلي تبحث عن الحقيقة... تلك الحقيقة الغائبة المغيبة عن الكثيرين، وهذا

مشوار شاق قد يكلّف صاحبه الكثير، وها أنت قد بدأت تدفع ثمن بحثك... ولكن تأكد أن أي ثمن قد يدفعه الإنسان من أجل الوصول إلى الحقيقة، فهو ثمن بخس... نعيم إن احتجت إلى أي شيء، أنا دائماً في الخدمة".

تأثر نعيم لكلمات طلعت فلم يمتلك إلا أن يعانقه، مبدياً امتنانه العميق. شكره على مساعدته له في الأيام الماضية، وعلى دعوته له في منزله على الغداء، وعلى كلماته الرقيقة المعبرة.

شعر نعيم أنه يفارق صديقاً قديماً، وليس مجرد صحفي تعرّف إليه منذ أيام في ظروف غامضة تركته في حيرة من أمره. ظروف ما كان يعتقد أنه سيصادفها في حياته!

30

وضع سعد العثمان حقائبه في فندق الماريوت بلندن؛ ثم اتجه نحو منطقة "بايسواتر" إلى عمارة ذي طراز فيكتوري مطلة على حديقة "الهايد بارك". صعد إلى الطابق الثالث، حيث شقة علي السليمان الذي كان قد تواعد معه لمناقشة أسباب انسحابه المفاجئ من التكتل التجاري، والذي بذل فيه - هو ونعيم - جهداً كبيراً حتى وصل إلى ما وصل إليه من شبه كيان قائم لن تستطيع أية جهة أخرى بمفردها منافسته.

طرق على الباب؛ ففتحت له خادمة فلبينية، وأدخلته إلى صالة الضيوف، حيث كان علي السليمان في انتظاره - ولكن ليس وحده. تعرّف سعد على الفور إلى الرجلين الحاضرين بجانب علي السليمان؛ فقد سبق وأن التقاهما في عدة اجتماعات لكونهما من أهم المؤسسين في شركة الاتصالات المزمع قيامها في السعودية.

- "حياك الله شيخ علي" صافح سعد علي السليمان، ثم صافح كمال أغلو وفؤاد شوكت؛ وقد استغرب من وجودهما، فلم يتوقع أن يكونا طرفاً في موضوع لقائه مع علي السليمان.

- "أهلاً بك أخ سعد، لقد طلبت من السيد كمال والسيد فؤاد الحضور ليشرحا لك بعض التطورات لكي تكون الأمور واضحة". بدأ علي السليمان الدخول في الموضوع مباشرة دون مقدمات.

- "شيخ علي، أي تطورات هذه التي جعلتك تنسحب على هذا الشكل؛ أنت وكبار الممولين، بعد أن قاربنا إتمام كل شيء بفضل جهود نعيم على مدار السنة الماضية".

فجأة تدخل كمال، وأخذ بزمام الحديث بمجرد ذكر اسم نعيم؛ وكأن اسمه قد أثار حفيظته.

- "أنا أعلم أنه تربطك علاقة صداقة وشراكة عمل مع نعيم؛ ولكن دعك منه الآن. نحن بصدد إنشاء شركة اتصالات وتكنولوجيا رقمية ضخمة؛ ستغزو جميع دول الشرق الأوسط، وستكون هي الشركة الأكثر سيطرة في هذه الأسواق. الأمر قد تجاوز الآن مجرد ترخيص ثالث للجوال في السعودية. ستتكون هذه الشركة برأس مال ضخم، مما يجعلها من كبرى شركات التقنية في العالم، وسنطرح أسهمها في بورصة دبي العالمية، وسوق الناسداك بأميركا. ولتقديرنا لكفاءتك المالية والإدارية فأنا أعرض عليك الدخول شريكاً في رأس المال... هذه فرصة يتمناها كل رجل أعمال، بل إن لعابهم يسيل لأقل من هذه الفرصة، فأنا أضمن لك مضاعفة رأسمالك في غضون سنوات قليلة عشر مرات على أقل تقدير، إن لم يكن أكثر".

- "ولكن؟" قاطع سعد كمال بسؤاله المفاجئ.

- "عفواً، ماذا تقصد؟"

- "كنت أتساءل؛ ولكن ماذا عليَّ أن أفعل لكي أنال هذه الجائزة الثمينة؟ هناك ثمن؛ أليس كذلك، فلا أعتقد أن رجل أعمال في مكانتك أنت، ومعك فؤاد شوكت وعلي السليمان، بحاجة لي مهما كانت براعتي المالية والإدارية".

ابتسم كمال وأعجب بصراحة سعد الذي أراد الدخول في فحوى الموضوع دون مضيعة الوقت.

- "حسناً... الثمن هو تصفية جميع أعمالك مع نعيم الوزان. وألاّ تربطك معه أي علاقة تجارية في أي مجال، لا الآن ولا مستقبلاً".

فوجئ سعد مما سمع؛ لدرجة أنه لم يصدق في بادئ الأمر ما

قالـه كمـال، فـنظر إلى علي السليمان وقد بدأ يدرك سرّ انسحابه المفاجئ من التكتل.

- "ولكـن مـا علاقة هذا العرض بشراكتي مع نعيم... ولما لا تدخله في هذه الشركة؛ فإن كنت تبحث فعلاً عن القدرة الإدارية، فلن تجد أحسن منه، حتى سل الشيخ علي؛ فهو يعرف نعيم جيداً مثلي".

- "سـيد سـعد، أنصحك أن تهتم بنفسك وأن تترك نعيم لشأنه؛ فهذه الفرصة التي أعرضها عليك لن تتكرر".

نظر سعد إلى علي السليمان، ثم سأله.

- "ألهذا السبب انسحبت؟ لقد عرض عليك كمال نفس العرض؛ أليس كذلك؟"

شـعر علي السليمان بحرج من سؤال سعد، وبشيء من التردد قال:

- "سـعد... بـزنس إز بزنس... كما قال لك الأخ كمال؛ هذه فرصة لن...".

لـم يشـأ سعد أن يسمع المزيد؛ فقد استمع بما فيه الكفاية، فقام مـتجهاً نحو باب الشقة، وقد أصاب علي السليمان الذهول من موقف سعد الذي لم يقبل حتى التفاوض في الأمر، وفضل الانصراف؛ تاركاً وراءه فرصة عمره التي كانت ستضاعف ثروته أضعافاً مضاعفة في غضون سنوات قليلة.

- "سـعد انتظر... الكلام أخذ وعطاء". أراد علي السليمان أن يلحق بسعد، ولكن كمال أغلو أوقفه.

- "دعه..." قال كمال باستهزاء "فسيلحق به ما سيلحق بنعيم... لقد اختار الجانب الذي سيقف معه، وعليه أن يدفع ثمن اختياره".

31

أضيئت إشارة ربط الأحزمة بالمقاعد، وجاءت المضيفة لكي تتأكد أن جميع الركاب قد ربطوا أحزمتهم.

– "سيد نعيم، الرجاء ربط حزامك؛ فالطائرة على وشك الهبوط" قالت المضيفة وعلى وجهها ابتسامة خجل. نظر نعيم إليها، فكانت هي نفسها التي طلبت منه ربط الحزام أثناء هبوط الطائرة في مطار محمد الخامس بالدار البيضاء. لوهلة ظنّ نعيم أن ما مرّ به من أحداث كان مجرد حلم حلمه أثناء الرحلة، وأن الدكتور عبد القادر لم يمت بل ينتظره في منزله بحي السويسي في الرباط، وأنه لا توجد رسالة، ولا مؤامرة، ولا جماعات سرية، ولا مشاكل في العمل، ولا سرّ كبير يخص جده خليل، هناك فقط رجل، يكن له عميق التقدير درّسه في يوم من الأيام مادة التاريخ، ينتظره في منزله ليقضيا معاً أمسية ثقافية جميلة؛ ولكن سرعان ما تبدّد هذا الظن عندما أعلن قائد الطائرة عن وصول الرحلة إلى مطار الملك خالد الدولي بالرياض.

لم يكن كل ما جرى لنعيم مجرد حلم قد حلمه، بل كان واقعاً يحياه بكل تفاصيله، ولو أن في بعض الأحيان قد يصعب على المرء التفريق بين الاثنين.

* * *

هبطت الطائرة؛ وكان في ساحة الانتظار بالمطار مصطفى نديم. لم يكن مصطفى فقط مدير مكتب نعيم، بل كان أيضاً من أصدقائه القلائل، ومثله في ذلك كمثل سعد العثمان، وكان السبب في قلة الأصدقاء انشغال نعيم الدائم في العمل والسفر؛ مما جعل حياته الاجتماعية محدودة في نطاق رفقاء العمل. حتى الزواج لم يكن لنعيم

نصيب فيه من كثرة انشغاله، ولو أنه - منذ فترة - خطب فتاة أعجبته كان قد رآها في أبحر؛ بشمال جدة. كانت فائقة الجمال، لم يرَ في حياته امرأة في جمالها، وكأنها حورية من حور قصص ألف ليلة وليلة. سأل عنها؛ فعرف أنها من أحد الأسر الثرية والمعروفة في جدة؛ ولكن أبويها منفصلان منذ أن كانت صغيرة، وكل واحد منهما قد بدأ حياة جديدة، تاركاً الفتاة لتعيش مع خالتها غير المتزوجة، والتي كانت هي بدورها سيدة أعمال معروفة في المجتمع الجداوي. لم تكن الظروف الاجتماعية للفتاة مشجعة لوالدة نعيم؛ ولكنها رضخت لرغبة ولدها العارمة بالارتباط بأجمل فتاة رآها في حياته. لم تدم الخطبة سوى شهر، ثم قام نعيم بفسخها دون أن يذكر السبب لأي مخلوق، ومضى قدماً في حياته - وكأن شيئاً لم يكن.

لم يرتبط نعيم الوزان بأي امرأة بعد ذلك.

* * *

- "مصطفى... خذنا إلى المقهى المعتاد في شارع التحلية" قال نعيم وهو يركب سيارة مصطفى.

- "ألا تود أن ترتاح بعد الرحلة؛ فأمامك غداً يوم حافل؟"

- "لا... لست متعباً. أودّ أن نناقش ما حدث" قال نعيم لمصطفى الذي انطلق بالسيارة في الخط الدائري الشرقي متجهاً نحو مخرج رقم عشرة.

- "ما كان بودي أن أكون ناقل الأخبار السيئة... ولكن - مع الأسف - ما حدث هو كما أخبرتك على الجوال. أرسل إلينا الشيخ علي السليمان خطاباً يخبرنا بأنه سوف ينسحب من اتفاقية الشراكة، وعلى استعداد لدفع كافة التعويضات دون أن يبدي سبب انسحابه. وبعدها بنحو ساعة؛ جاءتنا خطابات من باقي الشركاء والممولين".

- "تحمل نفس المضمون؟"

- "نعم، وكأنها نسخة من الخطاب الأول" صمت مصطفى قليلاً، ثم أضاف بتردد: "ولكن هذا ليس كل ما في الأمر".

- "ماذا تقصد؟" سأل نعيم، وقد شعر أنه لا زال هناك خبر سيئ لم يرد مصطفى البوح به.

- "عدد كبير من الموظفين، في مكتبنا الرئيس، وفي فرع الهند، قدموا استقالتهم. حقيقة لا أدري ما الذي يحدث، وكأننا في سفينة تغرق والكل يريد الهرب والنجاة".

أدرك نعيم أن ما يجري ليس له إلا تفسيرٌ واحدٌ. هناك من يريد أن يرسل له رسالة مفادها أن يدنا ستطالك في أي مكان. لا شك أنه قد اقترب من خط أحمر ما كان ينبغي له الاقتراب منه.

- "حتى وإن غرقت السفينة؛ فأنا لن أغرق - بإذن الله، بل هم الذين سيغرقون" قال نعيم بصوت منخفض وكأنه يحدِّث نفسه.

- "عفواً أبو عبد الله... ماذا تقصد؟" سأل طلعت، وقد اندهش مما قاله نعيم.

- "مصطفى... ما حدث للشركة، من انسحاب علي السليمان واستقالة عدد من الموظفين، المقصود به هو إفلاسي والقضاء على مستقبلي التجاري... تستطيع أن تعتبرها حرباً اقتصادية، كالتي تستخدمها اليوم الدولة القوية ضد الدولة الأضعف. فسلاح اليوم هو المال والاقتصاد، فهما أكثر فاعلية وأعظم أثراً".

- "ومن هذا الذي يريد محاربتك؟ ماذا فعلت له؟" سأل مصطفى، وهو يصف سيارته في موقف قد خلى لتوه أمام مقهى شارع التحلية.

خرج نعيم من السيارة دون أن يجيب على السؤال. لمح طاولة على الرصيف فذهب إليها. كان يريد أن يكمّل نقاشه في الخارج؛ ليستمتع بلفحات النسيم التي كانت تلطف جو الرياض الدافئ.

- "هل ما يجري له علاقة برحلتك الأخيرة إلى المغرب ومصر؟" سأل مصطفى مصرّاً على الحصول على إجابة تفسّر له ما حدث.

- "سأخبرك فيما بعد كل شيء؛ ولكن أريدك الآن أن تنتبه إلى ما سأطلبه منك. غداً ستطلب من المدير المالي للشركة أن يبدأ، هو والمحامي، في إجراءات تصفية نصيبي من الشركة".

- "ماذا! أبو عبد الله لا يجب...".

لم يمهل نعيم مصطفى، الذي انزعج مما سمع، أن يكمّل جملته.

- "لا يوجد حل آخر؛ هذه هي الطريقة الوحيدة لإنقاذ الشركة من الإفلاس، فالمسألة كما رأيت - في غاية الخطورة. نعم ستتلقى الشركة ضربة موجعة في بادئ الأمر؛ ولكني واثق من أن سعد سيستطيع بمهارته تجاوز الأزمة. أما أنا فعلي أن أصفّي أغلب أعمالي... الظاهر منها على الأقل".

- "الظاهر منها" ردّد مصطفى، وقد تذكّر أن نعيم قد ساهم - منذ قرابة عامين - في مشروع تعليمي ترفيهي للأطفال عبر الإنترنت في ماليزيا. دخل في هذا المشروع مع مستثمر ماليزي؛ كان قد تعرّف إليه في الحج. الرجل كان قد خسر أغلب ثروته في الانهيار الاقتصادي الكبير الذي شهدته جنوب شرق آسيا في نهاية التسعينات. لم يستطع الرجل أن يجد مستثمراً يثق به ويجازف معه في مثل هذا المشروع. فظل يحاول سنين عدة تسويق مشروعه؛ ولكن دون جدوى، حتى يئس، فأصابته حالة من الاكتئاب؛ خصوصاً بعد أن اضطر لكي يعمل موظفاً براتب محدود، بعد أن كان هو صاحب عمل يوظف العشرات، فأخذ يتعاطى الكحول لكي يهرب من واقعه الأليم. ظلّ على حاله هذا مدة من الزمن؛ حتى تعرّض لحادث مريع،في إحدى المرات التي ساق فيها وهو مخمور، كاد يودي بحياته وحياة زوجته. كانت هذه الحادثة بمثابة الصدمة التي جعلته

يفيق من غيبوبة ضياعه؛ فعاهد الله أنه بعد خروجه من المستشفى سيترك الخمر ويرضى بما قسمه الله له - وقد أوفى بعهده. ومنذ سنتين استخدم المال الذي جمعه من عمله البسيط لتأدية الحج؛ وهناك قابل نعيم الذي تأثر بقصته فقرّر أن يشاركه في مشروعه القديم، الذي وجد فيه عملاً إنسانياً ومشروعاً استثمارياً قد يجني ثماراً. كان مصطفى هو الشخص الوحيد الذي يعلم عن هذا المشروع.

- "أبو عبد الله، ما أخبار مشروع ماليزيا؟"

- "الحمد لله، لقد أخبرني أنور منذ شهر أن الأمور تسير أحسن مما كنا نتصور. لقد بدأ الدخل يغطي المصاريف، ونتوقع الربحية في الربع القادم".

- "إلى الآن لا أفهم ما الذي جعلك تدخل في مشروع مثل هذا!"

ابتسم نعيم ابتسامة، شعر مصطفى أنها تحمل ورائها معانٍ كثيرة. هزّ نعيم رأسه ثم قال:

- "هذا المشروع هو الذي سأبني عليه ثروتي القادمة؛ وسيكون بمثابة بداية جديدة كما كان بداية جديدة لأنور".

صمت نعيم قليلاً مسترجعاً ذكريات مضت، ثم أضاف:

- "علمني أبي - رحمة الله عليه - أن الإنسان إذا أراد أن يتسلق الجبل ليصل إلى قمته، فعليه أن لا يعتمد على حبل إنقاذ واحد، حتى لا يسقط إذا ما انقطع ذلك الحبل". عاود نعيم الابتسام ثم أضاف: "ها هو حبل قد انقطع؛ ولكني بفضل الله لن أسقط".

- "أبو عبد الله... ما الذي يجري؟" عاود مصطفى نفس السؤال، وقد زاد شعوره بالقلق.

- "سأخبرك في الوقت المناسب؛ ولكن ليس الآن، فيجب عليَّ الذهاب إلى المدينة المنورة أولاً، فهناك أمر يجب أن أنهيه؛ وبعد ذلك سيكون لكل حادث حديث".

32

عام 1908

كان الذهول واضحاً، على وجه خليل الوزان، كوضوح شمس صيف إستانبول، فآخر من كان يتوقع أن يكون الضيف، الذي ينتظره الشيخ أبو بكر الحسيني، هو يوري بك كوهين. نظر خليل على الفور إلى الشيخ أبو بكر وملامح وجهه تتساءل عما يراه أمامه. أما يوري بك، الذي دخل لتوه ولاحظ ذهول خليل، فقد كانت ابتسامة عريضة مرسومة على وجهه وهو يستمتع بهذا المشهد الدرامي.

- "بما أن عبد الله قد حضر فسأفسح له المجال لشرح بعض الأمور، والتي ستزيح الستار عما قد يخفى عليك" قال الشيخ أبو بكر لخليل وهو يشير ليوري - أو عبد الله المؤمن - بالتحدث.

- "أولاً: السلام عليكم سيد خليل، وأودّ الاعتذار لك عن إخفائي اسمي الحقيقي عنك؛ ولكنك بعد سماع ما سأقوله لك ستدرك عذري؛ فنحن نمر الآن بمرحلة حرجة جداً وشديدة الخطورة؛ ولكن أكثر الناس لا يدركون. الدولة تتفكك، والخلافة لن تدوم، والمؤسف هو أننا لا نستطيع فعل أي شيء".

أراد خليل أن يقاطع عبد الله؛ ولكن الشيخ أبو بكر أشار إليه بالتريث.

- "نعم سيد خليل، ستستغرب صراحتي؛ ولكن زمن المجاملات والنظرات الحالمة قد انتهى، وآن لنا أن نرى الواقع على حقيقته لكي نحسن التصرف. ولكن قبل ذلك؛ دعني أسألك سؤالاً لكي يكون مدخل حديثي... هل سمعت عن يهود الدونمة؟"

- "يهود الدونمة؟ لا أظنني سمعت بهم".

- "لست وحدك؛ فالكثيرون لم يسمعوا بهم، بالرغم من كونهم هم الذين يديرون الدولة اليوم".

- "ماذا!" قال خليل غير مصدق لما يسمع.

- "نعم، هذه هي الحقيقة الغائبة عن الكثيرين؛ ولكني إذا ذكرت لك أسمائهم، ستدرك صدق ما أقول. ولكن دعني أشرح لك من هم يهود الدونمة... فهناك طائفة قديمة من طوائف اليهود معروفة بالسبأيين؛ نسبة إلى شخصية، أظنك سمعت عنها... عبد الله بن سبأ".

- "صانع الفتنة الكبرى".

- "هو بعينه. لقد أدرك عبد الله بن سبأ أن الطريقة الوحيدة التي تمكّنه من مقاومة المدّ الإسلامي، الذي قضى على نفوذ اليهود في المدينة المنورة وفي خيبر وفي اليمن، هو أن يفعل ما فعله بعض أهل المدينة المنورة عند قدوم الرسول عليه الصلاة والسلام".

- "تقصد التظاهر بالإسلام".

- "نعم، النفاق... فالعدو الخفي هو عدو قاتل، لأنه يستطيع أن يجهز ضربته القاتلة في وجودك دون أن تعلم... كان عبد الله بن سبأ شديد الذكاء، وكان يدرك أن المسلمين لن يقضى عليهم بهذه السهولة، ولن يقضى عليهم في حياته، فكانت نظرته بعيدة بعد الأجيال. لقد انتشرت حركته عن طريق تلاميذه بشكل كبير؛ وقد تضامنت معه بعض طوائف اليهود الأخرى؛ من أبرزها طائفة تلمودية تدعى بالكبالة، من أبرز كهنتها شخص، سيلعب دوراً كبيراً فيما بعد، اسمه سبتاي زيفي... أريدك أن تتذكر ذلك الاسم جيداً".

- "سبتاي زيفي؟" ردّد خليل.

- "هذا الكاهن لم يدرك قواعد اللعبة في بادئ الأمر؛ فقام بالمناداة بقيام دولة يهودية تحكم العالم، عاصمتها القدس؛ فكاد أن

يقتل لولا تدخل بعض السبأيين، فأقنعوه بالعدول عن دعوته إنقاذاً لحياته، والتظاهر بالإسلام - ففعل؛ وقام - هو وأتباعه - بتأسيس فرقة من فرق السبأيين، في الأناضول وشرق أوروبا، عرفت بيهود الدونمة".

- "عفواً..." قاطع خليل "قلت فرقة من فرق السبأيين. هل معنى ذلك أن هناك فرقاً أخرى؟"

- "بالتأكيد، مع مرور السنين أصبح للسبأيين فرق في كل بقاع الأرض، كل فرقة تعمل بشكل مستقل عن الأخرى؛ ولكنها كلها تتبع كاهناً أعظماً لا يعرفه إلا رؤساء الفرق".

- "ومن هو الكاهن الأعظم الآن؛ وما هي الفرق التي تمتثل له؟"

- "كما قلت لك؛ لا يعلم شخصيته سوى رؤساء الفرق. أما عن هذه الفرق فهي كثيرة، البعض منها معروف لدينا والبعض الآخر مجهول. ولكن ذكر في أدبياتنا أن لبعض هذه الفرق نجاحات باهرة؛ كسقوط الأندلس والخلافة العباسية؛ ومع غير المسلمين، سقوط نفوذ الكنيسة الكاثوليكية في أوروبا".

- "كأنني سمعتك تقول... أدبياتنا... هل أنت منهم؟" سأل خليل وقد اعترته الدهشة مرة أخرى.

- "خليل، يجب أن أشرح لك أمراً". هنا تدخل الشيخ أبو بكر، "منذ عدة سنوات في أحد زياراتي إلى إستانبول تعرفت على شاب يهودي من أسرة غنية؛ كان يشعر بالوحدة واليأس من حياته المترفة الخالية من أي معنى. وبالرغم من نشأته اليهودية، إلا أنه لم يشعر بالانتماء لأي دين؛ بل وصل به الحال إلى إنكار وجود خالق لهذا الكون".

- "كان هذا الشاب في قمة شعوره باليأس حينما التقى الشيخ أبو

بكر، الذي استطاع بحكمته أن يزيح الغمام عن عين ذلك الشاب، وأن يغيّر مسرى حياته إلى الأبد" أكمل عبد الله الحديث.

- "هذا الشاب هو يوري كوهين" قال خليل، وقد فطن لشخصية الشاب اليهودي المقصود في هذه القصة.

- "نعم... ولكني لم أشأ أن أعلن إسلامي حتى أمهّد الأمر لأبي. وفي أحد الليالي جاء إلى منزلنا في أنتاليا زائر لم أره من قبل، عرّفني عليه أبي - كان اسمه زيفي حائيم. مضى اللقاء دون أن أعيره أي اهتمام. وفي أحد زياراتي لإستانبول؛ لمحت نفس ذلك الرجل وهو يخرج من المسجد السليماني. في بادئ الأمر حسبته قد أسلم مثلي، ففرحت؛ وخطر على بالي أن أذهب إليه وأصارحه بإسلامي، وأن أطلب منه أن يعينني، بحكم صداقته مع والدي، في مفاتحته بأمري؛ ولكن ما أن لمحني الرجل حتى اصفر وجهه، وأخذني على جنب، وطلب مني بأن لا أخبر أحداً عما رأيته. في البادئ حسبته يتحدث عن خروجه من المسجد وأنه مثلي لا يريد أن يعرف أحد من اليهود بشأن إسلامه؛ ولكنني سرعان ما أدركت أنه كان يقصد العكس".

- "تقصد أنه كان من يهود الدونمة؟" سأل خليل.

- "نعم... علمت بعد ذلك من أبي عن شأن تلك الفرقة، وعن علاقته الوطيدة بهم، وأنهم جميعاً ينتمون إلى جماعة السبأيين".

- "وماذا عن زيفي حائيم؛ هل هو شخصية ذات نفوذ؟"

- "في حينها لا، ولكنه الآن أصبح من كبار قادة الاتحاد والترقي وأحد وزراء البلاط... لقد التقيته أنت..هو محمد جاويد باشا".

- "محمد جاويد باشا من يهود الدونمة!" ردّد خليل وقد ذهل مما سمع.

- "ألم يخبرك عبد الله أن السلطة أصبحت في يدهم الآن. وهو ليس إلا فرد واحد من مجموعة كبيرة" قاطع الشيخ أبو بكر.

- "هل معنى ذلك أن الاتحاد والترقي هي فرقة سبأية؟" سأل خليل.

- "لا، بل حزب سياسي استطاع عدد من يهود الدونمة السيطرة عليه. وهذه هي الطريقة المفضلة لدى السبأيين، التغلغل في مختلف الجمعيات والأحزاب، ثم السيطرة عليها في الظل" أجاب عبد الله.

- "وماذا عنك؛ لماذا لم تشهر إسلامك إلى الآن؟"

- "وداوها بالتي كانت هي الداء" قال عبد الله، مردداً بيت الشعر المعروف. "خليل، منذ قرون والعالم الإسلامي يتلقى الضربات؛ بعضها من عدو ظاهر والبعض الآخر من عدو خفي لا نعرفه؛ ولكنه يعرفنا جيداً، لا نراه؛ ولكنه يرانا جيداً، وهذا النوع من الأعداء هو الأخطر... لقد آن الأوان لكي نقلب الطاولة ونلعب نفس لعبتهم".

أدرك خليل قصد عبد الله، الذي فضل أن يظل يعرف من قبل الجميع كيوري بك كوهين... فبذلك يتمكن من التغلغل في أوساط السبأيين، والتي تربطهم علاقة قوية مع أسرته من يهود الكبالا.

- "تستطيع أن تعتبرني جاسوس العروة الوثقى في أكناف السبأيين" أضاف عبد الله.

فجأة تذكّر خليل الموضوع الذي فاتح فيه الشيخ أبو بكر في بادئ اللقاء، فأعاد تذكيره بما شاهده في الليلة السابقة؛ ولكن هذه المرة على مسمع من عبد الله المؤمن، الذي تذكّر كيف استوقف المجسّم الهرمي في قصر طلعت باشا خليل، والتوتر الذي بان على طلعت باشا حيال ذلك.

- "على الرغم من أني رأيت ذلك المجسّم الهرمي عدة مرات،

إلا أنه لم يخطر ببالي أن يكون وراءه شيء... أنا شخصياً لم أسمع بتلك الجماعة؛ ولو أنك تقول إنهم كانوا يرددون اسم حيرام أبيف" قال عبد الله، ثم صمت قليلاً كأنه يتأمل ذلك الاسم. "حيرام أبيف هو اسم لشخصية يهودية؛ يعتقد أنه هو الذي بنى هيكل سليمان".

– "قد تكون إذاً اللغة الغريبة التي سمعها خليل هي العبرية" قال الشيخ أبو بكر موجهاً كلامه لعبد الله. "علينا أن نعرف سرّ تلك الجماعة وما علاقتها بطلعت باشا... فأخشى أن يكون وراءها أمر خطير نجهله".

33

اتجه نعيم فور وصوله للمدينة المنورة إلى مقبرة البقيع ليلقي السلام على قبر أبيه وأمه. كم تمنى في هذه اللحظة لو أن قبر جده كان في نفس المكان؛ ليلقي عليه هو أيضاً السلام. تذكّر كيف كان أبيه يحدثه عن جده خليل، وعن آخر مرة رآه فيها، عندما كان طفلاً صغيراً، وقد رحل هو وأمه إلى الشام بسبب نقص المؤونة عن المدينة المنورة في الحرب العالمية الأولى، عندما كان جيش الشريف حسين يحاول الاستيلاء على المدينة بمعونة الإنكليز... السفربرلك... تلك الحقبة السوداء التي ظلت في ذاكرة أهالي المدينة المنورة؛ حيث هجر الأهالي، وظلّ فقط المقاتلون للدفاع عن مدينتهم. كان خليل الوزان أحد هؤلاء.

ظلّ رجال المدينة يقاومون ببسالة؛ حتى استسلمت الدولة العثمانية في الحرب، فاستسلمت المدينة بأمر من القائد العسكري التركي فخري باشا. انتهت الحرب واستولى جيش الشريف حسين على المدينة المنورة على إثر انهزام العثمانيين، وعاد الطفل عبد الله الوزان مع والدته؛ ولكنه لم يجد أبيه في الانتظار. قيل له إنه قد قتل؛ ولكن لم يعثر له على جثمان، فلم يدفن مع باقي الشهداء في مقبرة البقيع.

أذّن لصلاة الظهر، فاتجه نعيم إلى داخل المسجد النبوي. كان المسجد مزدحماً كعادته؛ فلم يستطع الوصول إلى الروضة الشريفة، فصلى بجوار باب عمر بن الخطاب. انتبه نعيم، بعد تأدية الصلاة، إلى مكتبة المسجد النبوي التي لم تبعد عنه كثيراً في داخل الحرم؛ فخطر على باله ابن عم أبيه، خالد الوزان، المشرف على المكتبة

الذي لم يلتقِ به منذ عدة سنوات. ظنّ نعيم أنه ربما قد آن الأوان لكي يصل رحمه.

سأل نعيم عند دخوله المكتبة عن خالد الوزان؛ فقيل له إنه في الروضة الشريفة، كعادته بعد صلاة الظهر، يقرأ من ورده اليومي، فاتجه نعيم إلى هناك.

على غير العادة خفّ الازدحام بشكل ملحوظ في الجزء العثماني من المسجد النبوي، حيث توجد الروضة الشريفة بجوار قبر الرسول (ص). في أحد أركان الروضة، جلس رجل في عقده السادس، ذو لحية خفيفة بيضاء، يقرأ من سورة الإسراء؛ تعرّف إليه نعيم فور رؤيته، فاتجه نحوه وجلس بجواره، بعد أن صلى ركعتين. فرغ الرجل من قراءة ورده، ثم نظر إلى نعيم وقد امتلأ قلبه بالسرور.

– "ما هذه الغيبة الطويلة يا رجل؛ خلت أنك قد نسيتنا؟" قال خالد مداعباً نعيم.

– "معاذ الله يا عمي؛ ولكني انشغلت في السنوات الأخيرة، ولكنك كنت دائماً على البال".

– "كان الله في العون، كما أشكره على الظروف التي جعلتك تزورنا بعد هذه الغيبة الطويلة... هل مررت على قبري والديك في البقيع؟"

– "نعم، قبل الصلاة... كم كنت أتمنى لو أن قبر جدي خليل كان هناك أيضاً".

– "رحمة الله عليهم جميعاً".

– "عمي، أردت أن أسألك بخصوص جدي... هل مرّ عليك أنه كان في فترة من الفترات في مجلس المبعوثان؟"

– "نعم، أذكر أني قرأت شيئاً كهذا في أحد مخطوطات العائلة

التي نجت من التلف أثناء السفربرلك" قال خالد مستغرباً من سؤال نعيم، وهو نفس السؤال الذي سأله من قبل الرجلان اللذان مراه في نفس المكان منذ عدة شهور.

- "وهل أتلفت كميات كبيرة من مخطوطات العائلة في السفربرلك؟"

- "ليس فقط المخطوطات التي أتلفت؛ بل ما أتلف كان أكثر من ذلك بكثير".

- "عفواً، ماذا تقصد؟" سأل نعيم، وقد بدأ الموضوع يثير اهتمامه بشكل أكبر.

- "لقد حدثني والدي – رحمة الله عليه – عن تلك الفترة، وكان يملأه الحزن لما جرى لجدك. فعندما دخل جيش الشريف حسين إلى المدينة؛ كان أحد قادة الجيش يسأل عن جدك، فقيل له أنه قد قتل في أحد المعارك. يقال إن الرجل سُرَّ لسماع هذا الخبر، وأمر بإحراق منزله بكل محتوياته. الحق يقال؛ إن باقي قادة الجيش غضبوا غضباً شديداً لما فعله ذلك الرجل، وقيل إنه عوقب على فعلته هذه؛ ولكن الرجل لم يأبه، فكان – لسبب ما – قلبه مليئاً بالحقد تجاه جدك خليل. أخبرني أبي أنه سمعه يقول – وهو يقف على أنقاض المنزل – أن مهمته الآن قد انتهت. لم يفهم والدي قصده بهذه العبارة".

كانت دهشة نعيم كبيرة وهو يستمع لتلك القصة لأول مرة في حياته عن جده، الذي كان كل يوم يكتشف أموراً جديدة تخصه تربط أحداث حياته بما بدأ يكتشفه نعيم في الأيام الأخيرة. "هل يا ترى هذا ما كان يريدني أن أعرفه الدكتور عبد القادر؟" تساءل نعيم.

- "وماذا جرى لجدتي ولأبي عندما عادا من الشام؟"

- "مرّا بظروف قاسية؛ خصوصاً بعد سماعهما خبر مقتل جدك خليل، وما زاد الأمر سوءاً، أن جميع ممتلكاتهم قد أتلفت في

الحريق... عروض التجارة، صكوك الأراضي كلها أحرقت، لم يتبقَ إلا بعض الأوراق".

- "الغريب أن أبي لم يحدثني عن هذه الفترة من حياته".

- "لا تلومه، فمن يودّ تذكر مثل هذه الذكريات الأليمة".

- "ودّدت أن أسألك عن أمر آخر... هل كان لجدي بستان حول مسجد قباء؟"

ابتسم خالد الوزان من سؤال نعيم ثم قال:

- "ألم يخبرك والدك - رحمة الله عليه؟... هذا البستان هو الذي أنقذه وجدتك من الفقر والحاجة... سبحان الله، فقصة هذا البستان من أغرب القصص التي سمعتها من والدي - رحمة الله عليه".

- "لا أذكر أنه قد أخبرني... ما قصة هذا البستان؟"

- "بعد فقدان جدتك وأبوك كل الثروة التي تركها جدك، تكفّل أبي بإعالتهما؛ ولكن المال لم يكن وفيراً. وبعد مضي سنة جاء إلى المدينة رجل من القدس؛ كان اسمه مصطفى الحسيني، قال إن أبيه - أبو بكر الحسيني - أخبره قبل وفاته أنه قد اشترى بستاناً حول مسجد قباء بالآجل منذ عدة سنوات، وأن ظروف الحرب لم تسمح له بالمجيء لتسديد المبلغ. فجاء الابن إلى المدينة المنورة لكي يسدّد الدين عن أبيه الذي توفي".

تأثر نعيم من هذه القصة التي لم يسمعها من قبل، واستغرب كيف أن أبيه لم يقصها عليه.

- "وهل يسكن أحد البستان الآن؟"

- "نعم، يسكنه الشيخ عمر مصطفى الحسيني... رجل فاضل؛ التقيته عدة مرات هنا في المسجد النبوي".

تيقّن نعيم من خلال حديثه مع خالد الوزان أنه قد أحسن صنعاً

عـــندما قرّر تتبع الرؤيا التي رآها في القاهرة. فكما أوصلته إلى حلٍّ لغز الأرقام في رسالة الدكتور عبد القادر، ها هي تقربه من فهم دور جـــده خليل في ما يحدث. "من قال إن المشي وراء الأحلام لا يؤدي بصاحبه إلا إلى السراب؟"

شـــعر نعيم لأول مرة منذ بدء الأحداث أنه اقترب من الحقيقة، إلـــى فهم ما جرى وفهم ما يجري، إلى كشف حقيقة الماضي وحقيقة الحاضـــر، وربمـــا حقيقة المستقبل. ولكن بقي لديه مشوار أخير؛ لا تكتمل رحلة بحثه بدونه. فانطلق إلى بستان قباء.

34

نادى المنادي لصلاة العصر؛ وكان نعيم قد وصل إلى منطقة قباء. ركن سيارته ثم اتجه مترجلاً إلى داخل أول مسجد بناه الرسول (ص) على مشارف المدينة، بعدما أذن له الله بالهجرة من مكة. دخل المسجد الذي قد أعيد بناؤه، وصلى في ساحته المظللة. تذكر أنه لم يأتِ إلى هنا منذ زمن. بل تذكر أن زيارته للمدينة المنورة كانت قليلة. لم تكن صلته بباقي أفراد أسرته قوية؛ خصوصاً بعد وفاة أبيه وأمه. بل إنه لا يتذكر سوى بعض كبار العائلة؛ كخالد الوزان، وقد لا يتعرف على باقي أفراد الأسرة إذا ما قابلهم في مكان ما.

"من يدري؛ فلعل أحدهم هنا في المسجد. لعله ذلك الرجل الذي بجواري، أو ذلك الشيخ الذي قام لتوه وألقى بالتحية عليَّ كأنه يعرفني". أدرك نعيم كم أخذته مشاغل الحياة عن أبسط الأمور، أن يكون على علم بأسرته التي لم يكن يعلم عنها سوى القليل.

خرج نعيم من مسجد قباء، وأخذ يسير باتجاه البساتين المحيطة به. قال له خالد إن البستان، الذي يقصده، يقع في الجهة الشمالية. "ستعرفه حين تراه؛ فهو أكبر بستان حول المسجد، ونخله يافع". ظلّ يمشي شمالاً حتى رأى مجموعة من البساتين؛ ولكن كان بستان واحد يتميز عن الباقي بوفرة ويفاعة نخيله، بل لم تكن فيه نخلة واحدة ميتة. "لا شك أن هذا هو البستان المقصود". أخذ يحدِّث نفسه، ثم دخل من البوابة التي لم تكن مغلقة، وكأن صاحب البستان يقول لكل مار "على الرحب والسعة".

بدا البستان مألوفاً لنعيم، ولو أنه لم يدخله من قبل؛ ولكن مع كل

خطوة كان يخطوها في البستان، كان شعوره بالألفة يزيد حتى تحول الشعور إلى شبه يقين؛ فهو نفس البستان الذي رآه في حلمه! وما زاد من دهشة نعيم، أنه كلما توغل في البستان، أخذ صوت خافت يعلو كان يقرأ من سورة البقرة. لم يكن الشبه بين الحلم والواقع فقط في البستان وفي سورة البقرة؛ بل حتى الصوت الذي كان يرتّل القرآن هو نفسه! ولكن الشخص الذي كان يقرأ من سورة البقرة في حلمه كان جده خليل؛ فكيف يكون هو نفسه الذي يرتّل الآن؟ أخذ نعيم يتشكك في حواسه، إلى أن لمح رجلاً، على مسافة مئة متراً، متربعاً تحت عريشة في أحد أركان البستان، كان يتلو من مصحف أمامه. أخذ يقترب من الرجل الذي بدت تتضح ملامحه لنعيم؛ فقد كان رجلاً عجوزاً لا يشبه جده خليل الذي رآه في منامه، ولكن كان وجه الرجل مألوفاً. لقد رآه نعيم من قبل؛ وفجأة تذكّر أين رآه، فهو نفس ذلك الرجل الذي حيّاه في مسجد قباء عقب الصلاة.

واصل الرجل تلاوته إلى أن وصل إلى آية العروة الوثقى، ثم توقف بعد تلاوة تلك الآية، وكأنه قد انتبه لتوه من وجود نعيم.

- "عفواً..." قال نعيم بحرج شديد "أعتذر لك عن دخولي دون استئذان؛ ولكني وجدت الباب مفتوحاً".

- "عما تعتذر؟ ألم تقل إن الباب كان مفتوحاً، فالأبواب لا تفتح إلا إذا كان المار مدعواً إلى الدخول" قال الرجل بصوت بعث السكينة إلى قلب نعيم.

- "أبحث عن الشيخ عمر الحسيني، أهو أنت؟"

- "إن كنت تبحث عن عمر الحسيني فقد وجدته. ولكن هل هذا حقاً ما تبحث عنه؟"

ارتاب نعيم من سؤال الشيخ الذي لم يفهم مغزاه.

- "نعم... وما الذي يجعلك تعتقد أني أبحث عن شيء آخر؟"

نظر الرجل إلى نعيم مبتسماً ثم قال:

- "لأن الكثير من الناس لا يدركون عما يبحثون، أو يبحثون عما لا يدركون" صمت الرجل قليلاً ثم أضاف: "هل حقاً تبحث عن عمر الحسيني، أو أنك بحاجة إليه لكي يعينك للوصول إلى ما تبحث عنه؟"

تفاجأ نعيم من إجابة الرجل، ففكّر قليلاً فيما قاله.

- "بل أريد مساعدته للوصول إلى ما أبحث عنه".

- "فعما تبحث إذن؟"

- "أبحث عن فهم حقيقة ما جرى وما يجري حولي، وقد قادني بحثي إلى هنا".

- "الذي قادك إلى هنا هو قدرك الذي لحق بك، أما الذي جرى والذي يجري فهو الذي يهيئ لما سيجري".

- "المعذرة... ولكن حديثك كأنه ألغاز، وأصدقك القول - لقد سئمت الألغاز؛ فيكفيني ما صادفت منها في الأيام السابقة".

- "الألغاز هي ما يراه الإنسان دون أن يدرك معناه، وحينما يدرك المعنى يختفي اللغز. وأنت لقد بدأت تدرك الكثير، وهذا ما أتى بك إلى هنا. لقد بدأت تدرك ما أدركه البعض من قبلك... لقد بدأت تدرك ما أدركه جدك خليل".

ذهل نعيم من ذكره لجده، فكيف عرف الرجل أنه حفيد خليل الوزان، ويبحث عن أمور تتعلق به.

- "لا تستعجب" قال الرجل وكأنه أدرك سرّ تعجب نعيم. "فأنت كثير الشبه من صورة جدك - رحمة الله عليه" قال الرجل جملته، ثم أخرج من حقيبة كانت بجواره صورة تعرّف نعيم إلى صاحبها.

- "هذه صورة جدي خليل، ولكن من أين لك بها؟"

- "لقد ورثتها عن أبي، والذي ورثها عن أبيه الشيخ أبو بكر

الحسيني، الذي كان صديقاً حميماً لجدك. ولكن هذا ليس كل ما لديَّ مما يخص جدك" قال الشيخ عمر الحسيني جملته وهو ينظر إلى الحقيبة التي كانت بجواره.

– "ماذا لديك غير هذه الصورة؟" سأل نعيم وقد انتبه إلى الحقيبة.

– "لديَّ ما سيساعدك على الوصول إلى ما تبحث عنه. ولكن عليك أن تدرك أولاً أن الطريق إلى الحقيقة سيكون مليئاً بالمشقات؛ لذلك ستحتاج إلى من يأخذ بأزرك ويساعدك على إتمام المشوار؛ فالطريق ليس مقصوداً لنفر واحد، بل هو طريق الجماعة. هذا ما أدركه جدي وجدك؛ وهذا ما ينبغي أن تدركه أنت". ما أن فرغ الشيخ من حديثه، حتى قام وبيده الحقيبة، فناولها إلى نعيم ثم أخذ يمشي نحو داره في آخر البستان.

فتح نعيم الحقيبة لينظر إلى ما بداخلها، فوجد أوراقاً قديمة كلها تخص جده خليل؛ ولكن أكثر ما لفت انتباهه، كان مجلداً مكتوباً بخط اليد على غلافه العنوان التالي:

خواطر ومشاهدات قادة العروة الوثقى

35

خاتمة البداية

خرج طلعت من شقته متجهاً إلى مكتبه بصحيفة الأحداث كعادته في مثل هذا الوقت. كان قد مضى عدة أيام منذ مغادرة نعيم القاهرة، ولم يكن قد سمع منه إلى ذلك الوقت؛ ولكنه كان يتتبع خيوط حادثة الدكتور عبد القادر بنوزّاني بطريقته الخاصة. دخل إلى سيارته عندما اهتز جواله منذراً عن قدوم رسالة كان نصها:

لم أجد شخصاً أثق فيه مثلك طلعت. أنا في ورطة وأريد مساعدتك. لديَّ معلومات مهمة تركها لك موشي.

كان مرسل الرسالة دانيال زوجة موشي جولد.

* * *

27 أبريل 1909

نجح الاتحاد والترقي في إصدار فتوى من مفتي الدولة بعزل السلطان عبد الحميد الثاني، وتعيين أخيه محمد رشاد سلطاناً للبلاد، بعد موافقة غالبية أعضاء مجلس المبعوثان. مع هذه التطورات الخطيرة اجتمع قادة العروة الوثقى، العشر، في دار آل الحسيني في إستانبول.

– "ما كنا نتوقع حدوثه قد حدث... يهود الدونمة لم يسقطوا فقط السلطان عبد الحميد، ولكنهم أسقطوا الخلافة؛ وما هي إلا مسألة وقت حتى يتم الإعلان عن ذلك" قال الشيخ أبو بكر برباطة جأش، حتى لا يدب اليأس في باقي القادة، ثم أكمل: "علينا أن نتعامل مع هذا الواقع

الجديد الذي توقعنا حدوثه، وتذكروا أننا نزرع بذور النهضة التي سوف يحصدها أحفادنا، تماماً مثلما زرع أسلافنا بذور نهضة صلاح الدين. الآن لم يعد لنا مكان في إستانبول؛ ويجب أن نتوزع حول بلاد الله، على أن نلتقي في المدينة المنورة بعد كل حج".

بدأ القادة ينصرفون كل إلى وجهته المرسومة، وبقي خليل الوزان وعبد الله المؤمن مع الشيخ أبو بكر الحسيني.

- "خليل، أمامك دور كبير في المرحلة المقبلة، هل أنت مستعد؟"

- "بكل تأكيد".

- "وأنت يا عبد الله؟"

- "بفضل اكتشاف خليل، في الصيف الماضي، استطعنا أن نكتشف تغلغل السبأيين في الحركة الماسونية، وها قد انخرطت معهم، وبإذن الله، سأصل أنا أو من سيخلفني إلى قمة الهرم - حتى نستطيع كشف من هم قادة السبأيين".

- "هل حدّد المجلس الأعلى ليهود الدونمة وجهتك المقبلة؟" سأل خليل.

- "نعم، يريدون زرعي في المغرب تحت مسمى رشيد بنوزّاني!"

* * *

أعلن عن موعد الصعود إلى طائرة الرحلة رقم 114 المتجهة إلى العاصمة الماليزية كوالالمبور. دخل نعيم الوزان الطائرة، وقبل إغلاق جواله أرسل رسالة إلى كل شخص كان مسجلاً لديه. كان نص الرسالة:

العالم يتغير. لم يعد كما كان. ولكن أكثر الناس لا يدركون.